Old Melbourne Memories

墨尔本回忆录

［英］罗夫·博尔德伍德/著

胡小洁　潘明月　张园园　王瑜玲/译

中国青年出版社

（京）新登字083号

图书在版编目（CIP）数据

墨尔本回忆录/〔澳〕罗夫·博尔德伍德著；潘明月等译.—北京：中国青年出版社，2016.9

ISBN978-7-5153-4505-5

Ⅰ.①墨… Ⅱ.①罗…②潘… Ⅲ.①回忆录—澳大利亚—近代

Ⅳ.①I611.55

中国版本图书馆CIP数据核字（2016）第231410号

责任编辑：李　茹　liruice@163.com
特约编辑：朱峻仪
装帧设计：瞿中华
封面插图：李清睿

出版发行：中国青年出版社
社址：北京东四十二条21号
邮政编码：100708
网址：www.cyp.com.cn
编辑部电话：（010）57350508
门市部电话：（010）57350370
印刷：北京科信印刷有限公司
经销：新华书店
开本：787×1092　1/32
印张：9
字数：180千字
版次：2016年10月北京第1版
印次：2016年10月北京第1次印刷
定价：26.00元

本图书如有印装质量问题，请凭购书发票与质检部联系调换
联系电话：（010）57350337

目录

缘起·代序 ——————————003

作者小传 ——————————007

第一章　公元1840 ——————————013

第二章　遥远的西部 ——————————026

第三章　维奥莱特之死 ——————————042

第四章　邓莫尔 ——————————053

第五章　斯夸特塞湖 ——————————063

第六章　欧梅瑞拉之战 ——————————073

第七章　岩间子民 ——————————086

第八章　土著警察 ——————————098

第九章　基尔费拉 ——————————112

第十章　老费里港 ——————————126

第十一章　波特兰湾 ——————————135

第十二章　格拉斯米尔 ——————————150

第十三章　育肥宝地 ——————————163

第十四章 橡胶林牧场的伯切特 ——————174

第十五章 劳逸结合 ——————184

第十六章 牧场传奇 ——————194

第十七章 英勇骑士 ——————205

第十八章 海德堡受洗 ——————215

第十九章 伍德兰兹越野赛 ——————225

第二十章 优伶 ——————239

第二十一章 "旅行者"纪事 ——————253

第二十二章 亚姆布科 ——————264

译后记 ——————278

缘起·代序

"作家与城"系列是一套奇妙的作品。

之所以说是"奇妙",一是缘于成书的方式——图书的引进、实现者就是它的读者,这些古老的经典,借由互联网的思维方式在当下呈现。

书的选题全部来源于中国最大的译者社区——"译言网",用户自主地发现与推荐,是想把它们引进中文世界的读者们认定了选题,而这些书曾影响了那个时代,这些书的作者成就了作品,也成了大师。

每本书的译者,在图书协作翻译平台上,从世界各地聚拢在以书为单位的项目组中。这些散落在天涯海角、素昧平生,拥有着各种专业背景和外语能力的合作伙伴在网络世界中因共同的兴趣、共有的语言能力和相互认同的语言风格而交集。

书中的插图是每本书的项目负责人和自己的组员们，依据对内容的理解、领悟寻找发掘而来的。

每位参与者的感悟与思索除了在译文内容中展现，还写进了序言之中，将最本初的想法、愿望、心路历程直接分享给读者。因此，序也是图书不可分割的内容，是阅读的延伸……

所以，这套书是由你们——读者创造出来的。

二是缘于时间与空间的奇妙结合——古与今、传统与现代在这里形成了穿越时空的遇见。

百年前的大师们，用自己的笔和语言，英语、法语、德语、日语……来描摹那时的城市，在贴近与游离中抒发着他们与一座城的情怀。而今天的译者们，他们或是行走在繁华的曼哈顿街头，在MET和MOMA的展馆里消磨掉大部分时间；或是驻足在桃花纷飞的爱丁堡，写下"生命厚重的根基不该因流动而弱化"这样的译者序言；又或者流连在东京的街头，找寻着作为插图的老东京明信片……他们与大师们可能走在同一座城的同一条路上，感觉着时空的变幻、文明的演化，用现代的语言演绎着过去，用当代的目光考量着曾经的过往。

然后，这些成果汇集在了"译言·古登堡项目"中，将被一个聚合了传统与现代的团队来呈现。这里有——电脑前运行着一个拥有着400多位图书项目负责人、1500多名稳定译者，平台上同时并行着300多个图书项目的译言图书社区的小伙伴们；有对图书质量精益求精的中青社图书编辑；有一位坚持必须把整本的书稿看完才构思下笔的设计师……一张又一张的时间表，一个又一个的构思设想，一次又一次的讨论会……

就这样，那些蜚声文坛的大师们，那些他们笔下耳熟能详的城市带着历史的气息，借由互联网的方式进入了中文世界，得以与今天翻开这本书的你遇见……

好的书籍是对人类文化的礼赞，是对创作者的致敬。15世纪中叶，一个名叫约翰内斯·古登堡的德国银匠发明了一种金属活字印刷方法。从此，书籍走出了象牙塔，人类进入了一个信息迅速、廉价传播的时代，知识得以传播，民智得以开启，现代工业文明由此萌发。

今天，互联网的伟大在于它打破了之前封闭的传承模式，摒弃了不必要的中间环节。人的一生何其短暂，人类文明的积淀浩如烟海，穷其一生的寻寻觅觅都不可能窥探其一二。而互联网给人们以及各个领域以直面的机会，每个人都可以参与，每个人都有机会做到。人类文明的积淀得以被唤醒、被发现，得以用更快、更高效的方式在世界范围内传播。

"让经典在中文世界重生"——"译言·古登堡项目"的灵感是对打开文明传播之门的约翰内斯·古登堡的致敬。这个项目的创造力，来自于社区，来自于协作，来自于那些秉承参与和分享理念的用户，来自于新兴的互联网思维与历史源远流长的出版社结合在一起的优秀团队。

从策划到出版是"发现之旅"——发现中文世界之外的经典，发现我们自身；是"再现之旅"——让经典在中文世界重生。这套作品的出版是对所有为之付出智慧、才华、心血的人们的礼赞。

这是多么奇妙的事情，多么有意思的事业。

我的朋友，当你打开这本书的时候，也是开启了一段缘。我们遇见了最好的彼此。也许，你就是我们下一本书的发现者、组织者或是翻译者……

所以，就让这段"缘起"代序吧。

作者小传

　　罗夫·博尔德伍德（Rolf Boldrewood，1826-1915）原名为托马斯·亚历山大·布朗（Thomas Alexander Browne）。

　　布朗出生于伦敦，是家里的长子。父亲西尔韦斯特·约翰·布朗（Sylvester John Brown）曾是东印度公司的一名船长，母亲名叫伊丽莎白·安格尔（Elizabeth Angell），一直鼓励他写作。（1860年前后，托马斯在他的姓氏Brown后面加了个e，改名Browne。）1831年，他们举家在悉尼定居。随后托马斯·布朗前往威廉·蒂莫西·凯普（William Timothy Cape）[1]的学校就读，后进入悉尼学院（Sydney College）学

※1　威廉·蒂莫西·凯普（William Timothy Cape，1806.10.25 - 1863.6.4）是澳大利亚悉尼首位学校校长，许多新南威尔士州的总督都曾是他的学生。

习。1839年，其父迁居墨尔本，布朗则继续悉尼学院的寄宿学习直到1841年，后来他也来到墨尔本，拜师大卫·博伊德门下。1843年，年仅17岁的布朗在费里港附近买入土地，将那里命名为斯夸特塞湖（Squattlesea Mere）。他在这块土地上一直生活到1856年。1860年，他旅居英格兰。1862年到1863年间，他买下了天鹅山区（Swan Hill）附近的默里比特牧场，1864年他又买入了里弗赖纳（Riverina）的一座牧场。1866年到1868年的三年自然灾害让布朗最终放弃了牧场，1871年，布朗成为了采金场的监察官。

布朗担任治安法官多年，曾任纳兰德拉郡法院主席，然而，他在古尔岗（后为新南威尔士州藏量最多、面积最大的金矿区之一）任职的头年，因其对采矿业疏于管治，加之法规程序繁琐，曾有人质疑其担任行政长官的能力。《古尔岗卫报和地区采矿记录》曾多次对其进行过抨击，1873年，该刊发表了一封匿名信指责其执法不公、收受贿赂。该刊编辑后因此在悉尼获刑事诽谤罪，被判监禁六个月，布朗所受指责也得以澄清，而他向法官求情希望对其诽谤者从宽处理的宽宏大度也为其赢得了矿工们的好感。1881年，布朗调任达博市治安官并兼任矿区监察官，后调往阿米代尔任职。1885

年，他调任阿尔伯里土地许可委员会主席，1887年至1895年间任该市治安官兼监察官，直至退休定居墨尔本。布朗于1915年3月11日逝世，葬于布莱顿平民墓地。

布朗做了25年的牧场主，后又做了25年的公务员，第三份工作——作家，足足做了40年。1865年，在一次坠马意外中恢复后，他为《康希尔杂志》写了两篇关于澳大利亚田园生活的文章。同时也开始尝试为澳大利亚的一些周刊写专栏和连载。《人生起伏：澳大利亚奋斗史》于1878年在伦敦出版，可惜叫好不叫座。后来这本书更名为《牧场主的理想》于1890年重新出版。

1884年，《墨尔本回忆录》以笔名罗夫·博尔德伍德在墨尔本出版，书中讲述了1840年代的故事。《牧场家园》《牧场主的理想》和《武装抢劫》都以笔名刊登在《悉尼乡村日报》（Sydney Town and Country Journal）和《悉尼邮报》（The Sydney Mail）。但只有《牧场主的理想》以图书形式出版。博尔德伍德这个笔名出自于布朗最喜欢的作家沃尔特·斯科特（Walter Scott）的叙事诗《玛密恩》。

1888年，《武装抢劫》以三卷形式出版，并很快获得了关注，多次再版。书中介绍了一位以丛林为藏身之地的逃犯英雄。书中的一些故事根据当时真实事件改编。后于1907年、1920年和1957年被改编成电影；1985年改编成电视剧。这部小说在澳大利亚和英国的电台里都有连载播出。

1860年，布朗与玛格丽特·玛利亚（W. E. 赖利之女、亚历山大·赖利孙女）结婚，育有两子五女。他的女儿于1911年出版了小说《科勒罗伊的困局》（*The Complications at Collaroi*）。布朗夫人于1893年出版了《澳大利亚的花园》（*The Flower Garden in Australia*）一书。

堪培拉图书馆（Macquarie Regional Library）以他的名字设立了"罗夫·博尔德伍德文学奖"，每年都会举行评选活动。

作品年表

小说

— My Run Home 《牧场家园》（1874）

— The Squatter's Dream: A Story of Australian Life(1875) [aka Ups and Downs : A Story of Australian Life]

— 牧场主的理想：澳大利亚奋斗史（1875）【又名人生起伏：澳大利亚奋斗史】

— A Colonial Reformer (1876) 《殖民地改革者》（1876）

— Babes in the Bush (1877) [aka An Australian Squire] 《丛林里的婴孩》（1877）【又名《澳洲乡绅》】

— Robbery Under Arms 《武装抢劫》(1882)

— The Sealskin Coat (1884 - 1885) [aka The Sealskin Mantle] 海豹皮衣(1884 - 1885)【又名海豹皮披风】

— The Crooked Stick, or, Pollie's Probation (1885) [aka The Final Choice, or, Pollie's Probation]

— The Sphinx of Eaglehawk: A Tale of Old Bendigo (1887) 鹰之谜：老本迪戈的故事
— A Sydney-Side Saxon (1888) 撒克逊人在悉尼
— Nevermore (1889 - 90)
— The Miner's Right : A Tale of the Australian Goldfields (1890) 矿工的权利：澳大利亚矿区的故事
— A Modern Buccaneer (1894) 现代海盗
— Plain Living: A Bush Idyll (1898) 平原上的生活：丛林牧歌
— War to the Knife', or Tangata Maori (1899) 殊死战
— The Ghost-Camp, or, The Avengers (1902) 魔鬼集中营或复仇者
— The Last Chance: A Tale of the Golden West (1905) 最后的机遇：西部掘金的故事

Short story collections 短篇小说集

— A Romance of Canvas Town and Other Stories (1898) 卡瓦斯镇的故事
— In Bad Company and Other Stories (1901)

Autobiography 自传

— Old Melbourne Memories (1884) 墨尔本回忆录

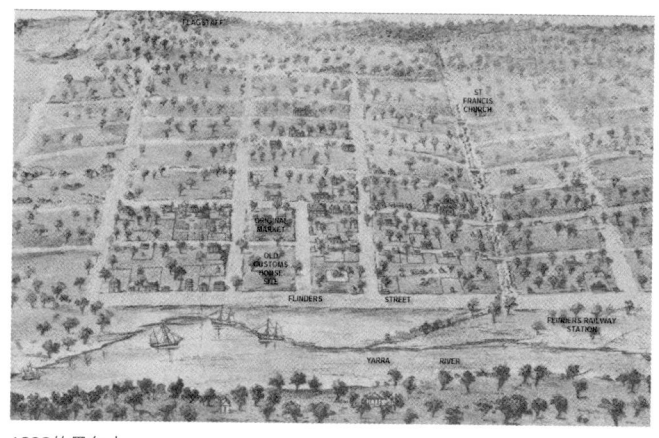

1838的墨尔本

第一章 公元1840

　　暮色渐浓，站在伊丽莎白街和弗林德斯街的十字路口，你便会不由地注意到长而拥挤的城郊列车，满载着归家的乘客，离开这座城市，去享受晚间醉人的休憩时光。尽管不断有大批人群涌出城市，但繁忙的墨尔本街头依然熙熙攘攘、川流不息。对于大部分人而言，华灯初上意味着工作结束、娱乐开始。长日将尽，原本闹市中混沌不清的嘈杂声逐渐清晰可辨；而建筑物高大伟岸的轮廓却慢慢隐遁，模糊在夜色中。如果你听力上佳，还能听到斯潘塞街车站里城郊列车发出的汽笛声和轰鸣声。这座世上最大、最文明、最开化和欣欣向荣的城市，它的存在，征服了置身其中若有所思的观众们，用声色光影填充他们的感

墨尔本回忆录
Old Melbourne Memories

官。说起来像是小说故事，在1840年的4月，我们举家从悉尼迁到飞利浦港支援殖民地建设，参与到墨尔本的城市建设中。父亲在一周内就租好了一艘中型纵帆船（这艘船后来载我们安全航行了数小时），因此我们不必像一般乘客那样被琐事困扰。这是一个漂移中的家啊！为了长达十年的殖民地生活，我们得带上许多家当，要只是普普通通地搬个家，那些东西肯定被留下不要了。船上载了拉车的牛马、男孩们的小马驹、孩子们的金丝雀、家禽、鸽子、猫狗、婴儿和保姆、家具、花盆、工匠、家仆——这浩浩荡荡一大家子的东西都要从城郊的家中搬出，准备去往下一处适宜的新居。不难想象，若在航行中遇到坏天气，情况该有多狼狈。幸亏一路风平浪静。周六下午，威廉斯敦港长备了些酒菜，与我们在船上小酌一番以表欢迎。威廉斯敦这个小村庄坐落在人烟稀少的绿草地上，我至今都清晰记得那片丰盛的翠色。农舍三两，茅屋遍布，还有几家小旅馆，这便是整座小镇的模样了。让我印象更深的，是入港后第一次吃到的鲜美多汁的羊排，大大地满足了我们这些饥肠辘辘的人。那时，我们刚刚离开悉尼萧条不济的肉类市场，也还未从1837到1839年的3年大旱中缓过劲儿来。显然，我们来到了一片沃土，这里就算没有蜂蜜，也有牛奶和黄油。猪排、牛排、牛腩和牛里脊供应充足，更有难能可贵的新鲜美味，它们几乎都快被遗忘了，比如说如今在新南威尔士州已难得一见的——藤丛中冰冻的草莓。

除了全套行李外，我们还准备了一艘小型汽船，用于在迂回曲折的雅拉雅拉河[1]上航行。一路上风平浪静，我们安然驶过层层茶树丛，由此开启新的生活。汽船这台小小机械则开足马力全速前行，可船上唯一的烟囱维护工（想象一下高压时代的维多利亚人）却向父亲请辞，去一条更大的船上工作了。我想"莫瓦星"号应该是艘更好的船吧，但小小的"萤火虫"号也将我们和其他"大户人家"（这么说有一种优越感）的家当平安送达了北方那片后来被称为"雅拉洼地"的地方。那是一片与河床等宽、

---

[1] 雅拉雅拉河（Yarra Yarra）：在欧洲人到来以前居住在维多利亚中部大多数地区的乌兰德杰瑞人称雅拉雅拉河为Birrarung。它可能来自"不停地流"的意思。欧洲人到达后1835年它获得了Yarrak Yarrak的名称。欧洲人错认为这是土著人给这条河起的名称。但是实际上它只是"瀑布"或者"河流"的意思，被用来指任何河流，不仅仅指雅拉河。从1835年开始雅拉河在墨尔本建城的过程中起了很大作用。新居民点的主要港口被设立在海水与淡水交融的地方。船停泊在瀑布的一侧，而另一侧则为城市提供饮水和下水。

自然延伸出去的椭圆形冲刷地带，类似于一个寻常河道旁溢出的水坑。精力旺盛的巴特曼和来自南方的壮实的帕斯科·福克纳·科贝特觉得这是个白手起家、建设城镇的地方。我们也发现，那个时期，忙碌的英国佬们都在为建设墨尔本拼尽全力。在拥有了许多开疆辟土的经验之后，我们的领袖断定，这片南纬36度以外的新殖民地，不会像新南威尔士开拓初期那样遭受旱灾的打击。在很大程度上，尤其是对于维多利亚州西部来说，这一判断是很准确的。

驻扎在飞利浦港的机械部队，花了很久才在飞利浦港建起不少的护檐板和几座砖房。我们则匆匆住进了一间新盖的农舍，等待着弗林德斯街上二层楼房的竣工，那里离王子桥不远。当然啦，那时候压根还没什么桥；连那座横跨溪流、连接墨尔本与雅拉河南岸沙地森林的简陋木质桥都没形儿（恐怕因为大家也不指望能在沙地森林上开垦吧），只留一艘平底船——你可以乘着它过河去，但也不是随时都可供使用的。我还记得布伦瑞克·史密斯上尉（后来受任于第50军团，是团里第一位骑警指挥）事件。他趁着看守人不在（也不知是"病了或喝醉了，或什么缘故"），一路骑着马来到渡口，凭着军人的急躁劲儿，和一对骑兵冲上甲板，将这艘笨重的船撑过河，拴到了河对岸。

那时，绿色的草原上生长着稀稀疏疏的高大树木。冬雨过后，草地就变成了沼泽和芦苇丛。我曾在那里射中过一只蓝色的鹤——澳洲鹭（只是被我打伤而已），并得意洋洋地把它带回了家。有一次，它走近我，突然用它紧闭的尖嘴狠狠地朝我啄过来，想要弄瞎我的一只眼睛，结果只是弄伤了我的颧骨。新镇和科灵伍德的森林小路上随处可见可爱的青铜翅鸽子。我和儿时的伙伴们常常站在离现在热闹的城郊不远的地方，犹豫着是否要走进这块"驻地"——我们一直这样不逊地称呼这座奇迹之城。在新建的城镇里，街道就像喜剧演员们所形容的"用尺子画出来似的"，又直又宽；但悉尼谨慎保守的财政部门一直未提供足够的资金，来清除墨尔本街道上残留的树桩。然而，和处于创建阶段的任何社会一样，人们对娱乐活动倒是从来不吝投入。经常举办舞会、野餐、赛马和宴会，也算是当时的风尚了吧。一次，有位风度翩翩的官员从某项娱乐盛事尽兴而归，驾着马车途径光照暗淡的街道，悲剧地被树桩绊倒，马车倾覆在地，车上的女士被抛出车外，驱车人摔断了筋骨，他们当时出差在外的家人坚持拒绝修理马车以示愤慨。多年来，这辆摔坏的马车一直被保留着，作为当时不合理财政支出的证据。

首批移民潮中的幸存者们原本以为，他们所在的城镇与郊区土地蕴藏的财富难以计数，即使是最谨慎保守的投资，也会收益颇丰，如今想来，却是不堪回首了。科林斯街上那块很有名的地段，也就是现在澳大利亚国民银行的所在地，当时被卫斯理仅以70英镑就收入囊中。在悉尼方面组织的第一次政府级土地拍卖中，弗林德斯街、科林斯街和伊丽莎白街的土地以与此相同甚至更低的价格被一英亩、半英亩的卖出去。由那时的皇家拍卖人雅克先生经手，在悉尼市场里卖掉了威廉斯敦的大量土地，售价说出来可能会让现在的土地交易商们震惊的发抖吧。我现在还记得那位老绅士饱满而洪亮的声音："威尔维鲁克区某某土地出售"。总是能听到这里的各种地名被提及，尤其是"维拉马纳塔"和"马里比农"，经常出现在同一系列的拍卖中。首轮拍卖后持续飞涨的地价，最终导致了南海公司的股市泡沫。各阶层的购地者都参与其中，兴奋异常，指望能从中捞取25%、50%甚或100%。大家手里的余钱全被投注进土地交易，张张地契都似珍宝，人们如秃鹰抢食尸体般购地置土。此时，借贷便出现了，相较于此后的蓬勃发展，当时还只是一个很不健全的行当；虽然银行业还在摸索着艰难发展，但账单却早已漫天飘洒。香槟与庆功最相宜，亦能促成交易，于是，盛过佳酿的酒瓶们便渐渐在商贾聚集之处堆积起来。当时的在任总督，在对巴拉腊特和本迪戈的非矿业先驱进行的一次短暂访问中，发现了这种前所未有的铺张浪费现象。据说，正是出于这个原因，他拒绝了初建殖民地自选议会议员的一些要求。当时，雅拉瀑布上游的土地，按40英亩和80英亩分成一块块区域被拍卖掉。买主期望地价随着行情看涨，以后再卖个高价。但实际情况往往并非如此。比如后来远近闻名的图拉公寓。据说，当年它的年租金已达数千英镑，每80英亩的价格也达到约1000英镑，而早期殖民者最初买下它时，出的总价也不过1000英镑。但到后来，在1842年和1843年的房市地震中，屋主最终不得不在重压之下将其卖掉，所得区区120英镑。

弗莱明顿跑马场是个不同寻常的地方。那里见证了"维克托"和"查尔斯爵士"对"全镇冠军杯"的争霸之战，见证了"罗密欧"白色的腿和无与伦比的肩膀，也见

墨尔本回忆录
Old Melbourne Memories

证了杰克·亨特的小母马"烈女"赢得"查尔斯爵士"大
奖（这个奖项专为评选查尔斯爵士的后代所设），获得了
一位慷慨的种马资助人的奖金。马提尼-亨利步枪[1]流行
起来之后，杯赛的情况也发生了变化。哪里有赛事，哪里
自然是争论的焦点。一位人称"跨栏杰克"的有名的"马
贩子"就对前面所说的"烈女"（也就是杰克·亨特的那
匹马）的获奖提出了质疑，他认为"烈女"并不是血统纯
正的"查尔斯爵士"后代。但是，评委们坚持自己的判
断，赛事管理方也收到了足够多的证据来驳回质疑，这
匹母马的主人依然获得了奖金。"跨栏杰克"（真名约
翰·爱华德）在骑马回家的路上，心里仍满是怀疑，他
"见识过大场面"的腿搭在枣红马光滑的背上（正是这匹
马，在10天时间里走了600英里，把他从悉尼驮到了墨尔
本）。和"布朗特"一样，"跨栏杰克"是"一名宣过誓
的马贩子"，但与那位马米恩山区的乡绅不同，他曾多次
参加过跨栏式赛马。那时，人们对冒险越来越有兴趣。

※1　马提尼-亨利（Martini-Henry）是英国军队在1871年-1888年期间装备的一种单发式
　　　步枪。

一次偶然的机会，两位"杰克"在海上相遇了，他们都准备重访斯科舍海[1]。当然，此行的目的仍旧是逐利。途中，他们遭遇风暴，返航的大船失事，船上多人陨命，幸存者无奈被迫返回飞利浦港。绝望之际，人们拼命抓住浮在水面上的甲板，甲板眼看就要撞上礁石，这时，"跨栏杰克"带着一种沉重而又毅然决然的神情，挪到亨特先生旁边。所有人都等着听他要说什么。在那个肃穆的时刻，他恳请这位赛马场上的老相识，证实他此前的精准判断："我只有一个心愿未了。您看看，亨特先生，我们还剩、剩下20分钟，现在什么都无所谓了。您告诉我，'烈女'真的是'查尔斯爵士'的后代吗？"而这个问题的答案，至今仍无人知晓。

1884年的人们怎能想象得出如今的墨尔本呢，他们记忆中曾是如此不同的一幅幅"消极"的画面——孤独的木制马车艰难地沿着未经修筑的沙地小路向布赖顿方向前行，耐心等待着平底船夫前来摆渡，弗兰克·利阿德特带

---

[1] 斯科舍海：南半球的一个海洋，横跨大西洋和南冰洋，位于火地群岛、福克兰群岛、南乔治亚岛、南桑威奇群岛和南极半岛之间，西邻德雷克海峡。

领着他的独角兽综合队穿过荒凉的海滩。（现在，那里多了一家供海军们寻欢作乐的酒吧，霓虹闪耀，前不久还建起了炼糖厂，高高的烟囱昂着脑袋吞云吐雾。）牧场主的一群犍牛拉着满车的羊毛，笨拙地沿着弗林德斯街深深的车辙印迹前行。约翰·帕斯科·福克纳在科林斯街西边忙得不亦乐乎，那时，这个地段可繁华得很。而街的东边——现在是一间间华丽的俱乐部和债券机构，医生则是消费主力——那时候则被大多数人称为"财富之路"。小河的两岸，还住着意气风发的农业新贵，那时他们还没时间参加投机倒把。现在那儿都是黑人——他们疑惑且恐惧，老老少少、年轻汉子与花甲老翁、妇女和儿童——被军队驱使着走过科林斯街，去往临时监狱，他们被囚禁在那里，屈服于不同类型和程度的暴力。我猜，慈善家大概认为这些人不是能从牢狱的地板下挖地道逃生，就是第二天能重获自由，以此来自我安慰。

在一次仪式上，朗斯代尔上尉的继任者拉特罗布先生（当时的头衔还是警司阁下，不是总督），骑着一匹被剪去耳尖、鬃毛浓密的短腿马"铁锤克罗弗莱"前往巴特曼的希尔牧场。拉特罗布先生穿着制服，由史密斯上尉和骑马姿势糟糕的警察队伍护卫着。这支队伍是当时唯一的军事力量。一望无际的平原和广阔的森林公园，将这个小城镇团团围住。不计其数的天鹅和野鸭，在墨尔本西边的沼泽地里嬉戏，享受这里不受打扰的自由。风尘仆仆的农场主们，疲惫不堪地走进马厩，那时，他们还不能靠马车或火车来缩短旅程，减少些奔波劳顿。

墨尔本回忆录
Old Melbourne Memories

弗林德斯街（1880）

弗林德斯街 车站

菲利普港（1840）

弗莱明顿跑马场（新）

墨尔本回忆录
Old Melbourne Memories

俯瞰皇后街（1884）

第二章　遥远的西部

　　1844年1月的一个黄昏，我在墨尔本北部一块老旧的墓地旁放牛，这其实是很久以前的事情了，但如今想来，仍恍如昨日。当时，我正打算去西部，在那里"买个牧场"。第二天刚破晓，我便带上家什，踏上蜿蜒的小路，向着那个想象中田园牧歌式的乐园出发了。

　　我的行李极少，牲畜也不多，这些都是在当时艰辛的生活中节省下来的。两三百头健壮的牛、1辆驮着6个月生活物资的马车队、2匹备用马、1名忠诚的老仆人、1名年轻的（不忠诚）仆人，以及口袋里的1英镑——就是我的全部了。只有这点资本就想闯世界啊？可那个时候，钱对我有什么意义呢？我正当少年，就像王子般快乐、满怀希望、健康而且无忧无虑，全身心投入到探险中，去寻找自己的财富。我相信童话都能实现，我"有马可骑，有剑可舞"——那不过是南格斯·杰克做的一根12英尺长的牧鞭。除此之外就是我的衣服、工具、枪和子弹了。崭新的世界正准备迎接我，对于这样一个心中对英雄式探险无限期待的探险家来说，钱有何用？我当时一定是这么想的，于是才把手上75%的现金用来买了1只牧牛犬。可怜的多拉，一直尽忠到它生命的最后一刻，如今它离开我已有35年了。

第二天，我们走过弗莱明顿的姆尼池塘，然后沿着凯勒路向韦里比行进，一路上拼命催着畜群加快速度。显然，这次旅程并不轻松；好在夏日漫长，我们在晚上8点日落之前成功抵达了河岸。到这里来的原因是我的老相识、好朋友，来自优伶的老威廉·赖里也在那里宿营。他押运着来自雅拉河上游的大量物资，同样要去西部。威廉友好地答应我同行，而我算是搭了他的便车。于是，当他将牲口赶进营帐中时，我便紧随其后，将牲口也赶在一起，接下来的旅程也就省心了。

一顿丰盛的晚餐之后，我们商量好了值班的事儿。值班当中有那么几次，我真想不管不顾，安稳地打上个小盹儿。终于，难熬的4个小时过去了。接下来的一觉，让我第一次体会到了"优质睡眠"的真正滋味。

太阳升起时，我醒了，一扫昨夜的疲乏，走出帐篷（里面有3个铺位，分别睡着我们的团队领头人、他的兄弟唐纳德和我）。出现在我眼前的是一片繁茂辽阔的原野。在我这个未见过世面的毛头小子眼里，这是一幅怎样的壮阔景象啊！三面都是平原，笼罩在一片朦胧的葱绿之中，夜晚残留的轻雾正沿着河岸线缓缓升起。阿纳基-尤杨斯山脉的轮廓嵌在晨光中的地平线上；东北方，是被森林覆盖着的马西登山；西边，则是银光闪闪的大海。沿路经过的风平浪静的戈里奥海湾和有着尖尖的峰顶的车站峰[1]，也为我们充当了一个明确无误而又风景别致的里程碑。

营地里出来的牛群，四散在平原上，悠闲地吃着草。马儿们已经回来了，从它们中间我很快就找到了我的那对

---

[1] 车站峰（Station Peak）探险家马修·弗林德斯是第一位登上尤杨斯山的欧洲人。1802年5月1日，他和其他3人一同登顶，并以"车站峰"为顶峰命名。1912年，为了纪念他，人们又将顶峰更名为"弗林德斯峰"。（译注）

宝贝。头发花白的营地看守人老沃茨，是优伶农场的伙计，他用自己的名字给雅拉的支流命名。这会儿，他正做着牛排，准备早餐。所有这一切都是崭新、愉快的，自由与冒险带来的新鲜感，令人莫名地兴奋不已。

吃过早餐，我们就套上马鞍，骑上马，跟在闲散的牛群后不紧不慢地上路了。我像个澳大利亚人一样，骑着一匹家养的4岁公马。它是我的财产，是"骷髅"和"卫星"的孙辈。这匹马跑得快，且耐力十足。唐纳德·赖里先生则骑着他最心爱的盖勒韦马"邓普"——这是一匹上乘的骑乘马，也是一匹机敏的牧马，外形很像丹德·迪芒的那匹极富盛名的爱驹。唐纳德与我年纪相仿，所以我们能在漫长而单调的骑行途中找到许多闲聊的话题，也渐渐放松了对畜群的看管。当我们讨论或讲故事的同时，跟在最后的牲畜掉了队，直到被人提醒我们才回过神来。我们那位刀子嘴豆腐心的领队，用恼怒的M.F.H.训斥犯错骑兵的口气来让我们规矩起来。

对我而言，那些日子何其优游自在！天气暖洋洋的，甚至有点儿热。不用顾忌格伦迪夫人，我们可以大胆地脱掉衣衫。到处绿草葱茏，在那个田园牧歌般的时光里，游牧是一个受到尊敬和认可的职业。"土地买卖"尚未开始，干旱的阴霾已被抛到九霄云外，并被认为是只需要悉尼人去考虑的事情。马儿们精神饱满，行程安排得不紧不慢。一到太阳落山前的小憩时间，牛群立马满心欢喜地伏到柔软葱郁的草地上。此时，营地里的篝火也架了起来，度过安静而浪漫的一夜后，快乐且充满希望的一天又将到来。

接下来，我们途经利特尔里弗和弗伊斯福德，在那儿，我的一只红色小母牛差点儿被淹死，并因此掉了队；然后我们就到了位于巴旺河的比尔牧场，准备从那里去科拉克，因为我们想走小路避开"法国人的地盘"或"克雷西"，然后在迪韦尔内夫妇旅馆住上一晚，下文我将提到的就是它。

我们去弗伊斯福德的时候路过了这家旅馆。回程的时候，我在那里经历了一段情节类似于《委曲求全》[1]的奇遇。接下来的12月，我离开牧场回墨尔本，打算回家过圣

---

[1]　《委曲求全》（She Stoops to Conquer），又名《屈身求爱》，英国诗人、剧作家、小说家奥立佛·哥尔斯密的风俗讽刺喜剧。（译注）

诞。到吉朗的第二天，我早早地就整装出发，骑马去弗伊斯福德，为的是看看能否打听到那只掉队的红色小母牛的消息。那时候的人们多诚实啊！我确实得到了消息，并了解到它的下落。当天早上，我走进那幢老房子去吃早餐，准备在晚上赶到75英里外的海德堡。

我在马廊门口下马来，将马交给马夫，愉快地叮嘱他要把马喂饱，然后就进了屋子。客厅里，一位女仆在摆放早餐餐具。我悠闲地走到壁炉前，问她早餐什么时候开始。

"大概半小时内，先生。"她说话时神情带着一丝惊讶。

"不能早点儿吗，玛丽？"我猜着她的名字，以一种家境殷实的酒馆客人的亲切态度问道。

"我不确定，先生。"她温顺地答道。

"嘿，玛丽，"我说，"你肯定做得到的，不是吗？我今天还要骑马走很长一段路呢！"

她笑了，正准备回答我的时候门开了，一位军人模样留着络腮胡的中年人走了进来，看上去很威严。

"我想我不认识你，先生。"他十分严肃地说道。

"是的，"我说，"我想我也不认识你。上一次来这里是1年前了。"（我不明白他干嘛这么说）我本来心情轻松而愉快，他的话却让我十分意外，心想作为一个酒馆老板，他也未免太拘谨了些。

"这里不是旅馆，先生。"他用更严肃的语气说。

这一瞬间，我的大脑嗡的一下，想起刚才骑马来时并未留意外面的标牌。原来这宽敞的房子和开阔的土地已经成了私人住宅。这也是常有的事。而我，刚才却还在要求仆人喂饱马，教训客厅里摆餐具的女仆。这一切，都发生在这位陌生的绅士家中。

我忍不住笑了出来，但立即真诚且正式地道了歉，同时解释说，去年我见到这座房子的时候还是个旅馆，所以才弄错，我对此深表歉意，弯腰鞠躬，准备离开。

这时主人的表情放松下来。"嗨，没关系！"他说，"既然如此，那也别因此而错过早餐。我太太和女儿马上就准备好了。我诚恳地邀请你和我们一起用餐。"

"结局皆大欢喜"。我被介绍给家里的姑娘们，她们都态度和善。我闯进客厅并吓到玛丽的片段，逗得大家哈哈大笑。我颇有胃口地吃完早餐后，便友好地与他们道了别。晚上，当我的母马精力十足地载着我到达海德堡时，我知道，它的早餐一定吃得也不赖。

到达科拉克湖当晚的记忆依然那么清晰！那儿应该只有休·默里先生的牧场，远一点是丹尼斯先生的牧场，再远就是罗伯逊先生的牧场了。牛儿们走了一整天，没喝过一口水。这虽没有穿越老人平原[※1]时的情况那么糟糕，但也的确算是长途劳顿。天黑后我们才到达湖边。牛群见到水几乎一拥而上！湖很浅，清澈见底。我们决定就让牛儿们在那里，相信有如此美餐，它们在天亮前也不会走远。于是，吃完晚餐，我们就休息去了。我们能听见它们在湖中玩水，用尽全力地畅饮，最后四下散去。第二天早上，据第一位起床的人（不是作者）描述，那些牛散布在方圆大约几百码的范围内，睡得很舒坦。

帕兰亚洛克还有多远？见到斯托尼瑞斯[※2]已是多年前

※1 老人平原(Old Man Plain)，是位于海镇和旺格内拉间的一片广阔的盐沼平原。（译注）

※2 斯托尼瑞斯（Stony Rises）也称"斯托内瑞斯"，位于科蓝加湖东南岸、南岸和西南岸一片区域，以其广阔的玄武岩地貌著称，形成于大约5000年前的火山活动。（译注）

的事了。那时我们不太科学地将那片火山岩脉和岩浆构成的区域称为"姐妹山系"——卢拉山和帕登山。现在，那里已满是碎裂的卵石和一堆堆火山渣，被郁郁葱葱的草木覆盖着，绕着诺拉的火山口蜿蜒几百英里。我们轻松惬意地在这片田园牧歌般的伊甸园中行走，这是澳大利亚的世外桃源。大萧条前，人们住在这里，与世无争。更早时，他们曾不得不前往遭受着日照炙烤的荒芜之地，绞尽脑汁谋求生存，却又因长久以来希望无以实现而心灰意冷——那是一种在长年累月的无果等待中滋生的极度绝望。唉！我们究竟是怎样走过这近半个世纪的！所幸的是，在那个黄金时代，没有人会破产，因为借贷还没有产生。那时，瑞福利纳[※1]仍寂寂无名，就和婆罗洲一样——更不要说麦夸里和伯根了。而我，那时则必须回到科拉克去。我和唐纳德牵着马，我感到脚下的袋鼠草就像英国的草坪一样稠密（我之前住在英国）。唐纳德高高地扬起马鞭，想控制

※1　瑞福利纳（Riverina）泛指位于澳洲新南威尔士州的西南部之农业区；南与维多利亚州接壤，东临大分水岭，地形主要为平坦的冲积平原。由于本地同时拥有平原、温带与热带的气候，且充分的水源以供农业灌溉，盛产葡萄、橘属水果、稻米和石料等；经民间开发和多年维护，发展成澳大利亚农业生产力最高、培植种类最繁多的地带，是新南威尔士州内得天独厚的农业地区。（译注）

好马儿"邓普"。

位于右侧的法因上尉的牧场，我们并未逗留。当时他是一位皇家土地专员，并筹划着想买一小块上等的"皇家荒地"。如果那个时候，罗伯逊先生没有放弃"FF"牛去养羊或那些让他们倾家荡产的兔子，也许到今天还能见到这种牛。

随后到达的，是一片警察局属下的牧场，那是又一片为骑警及他们的军马保留的优质牧场。老海特赛尔·加勒德曾在那里暂居。他有着一张英国农民式的神采奕奕的脸，言谈风趣生动，并对马肉有着非凡的鉴别力。那个流浪汉特兰帕的孙子考伯，不就是在他的资助下移民到维多利亚的吗？话题扯远了。

随后，我们就来到斯科特家和理查森家的牧场，也就是帕兰·亚洛克牧场。这两位牧场主都待人热忱。对于这点，拉夫·利也可以作证。想当年，我还是一脸黑胡子啊！

坐骑"当佩"健康温顺，尽管我足有6英尺高，驾马的动作也有力，而它并不介意背上这个"结实的大块头"。在牧场与会车地点之间宿营，是很让人难受且危险的，对于骑马的人也是如此。尤其碰上下雨天，情况更是糟糕。那是我们度过的唯一不愉快的夜晚（除了之前有一次丢了马车而且没吃晚餐，我也没有抽上烟，噢，那时我真是饥肠辘辘）。牛儿们很不安稳，它们整晚上都被聚拢在一起。第二天早上，整个宿营地简直就像个马戏团。那里的黑土地倒是很肥沃。这10年来，就算是在那些土壤品质颇受赞誉的地区，我也没见过能与之媲美的土地。

第二天，我们朝着帕兰亚洛克的河湾和它那片凶险的浅滩出发了——上帝保佑！我们的一辆马车陷入了泥沼，好几头牛也是；我的小马一开始就屁股着了地，后来几乎要"人仰马翻"。但最终，这支装备精良的队伍还是平安到达了尽管崎岖但却安全的石阵区。走过那里，就到了美丽的布朗碧特湖区旁那片肥沃广阔的平原。

到湖边时已经不早了，我们带着牛群，匆匆忙忙赶在天黑之前穿过了迷宫般的石阵区；雨停之后，气温有所回升，牛儿口渴得厉害。因此，一到湖边，它们就猛冲进不知深浅而且底部有陡坡的湖中。走在前面的牛，脚一下子就触不到底了，只能惊慌地游回岸边。幸好河滩硬而且平坦，它们都顺利上了岸，接着不紧不慢地到茂密的草木丛中大吃起来。我在想，若是现在，马尼福尔德先生看到1000头牛连一句"请勿见怪"都不说，更别说"报告"一声，就肆无忌惮地闯入他家，冲进三叶草和黑麦草堆里，会有何感想？

天破晓后，这里的景色更加迷人。那片崎岖的火山地带已被我们抛在身后，取而代之的，是无边的草场和绿色的坡地，上面疏疏朗朗地覆盖着一片片俊逸的黑檀木森林。中央的布朗碧特湖是最耀眼的明珠——那是一片宽广的水域，旁边是斜斜的绿坡，暗藏着无数纯净、新鲜的生物。西边的湖滨之上，有一间怡人的农舍，院子里花果飘香，显示着这片黑色的冲积土层有着多么丰厚的营养。

我们权当自己是"懒骨头"，如此度过了一天——牛儿们呆在及膝深的草丛里，每一头都自得其乐。午间我们经过了又一座死火山——卢拉山，它的周围被绿地包裹着。牧场里牛群四处散落，像偏离舞台中心的领奖者。第二天清晨，我们来到尼尔·布拉克先生的贝森班克牧场，在那里见到了北不列颠放牧人的小母牛群。这些牛要么被割去了尾巴，要么被群聚在一起，这是当时的习惯，但它们的确得到了精心照料，个个膘肥体壮。畜群由唐纳德或安格斯管理着，布拉克先生每年都会从苏格兰高地选拔一批和安格斯一样身材高大的放牧人。他们是一群十分优秀的殖民地居民。对于他们来说，也许一开始生活会有些艰难，但只要融入了英语人群，就逐渐开始积累起数目可观的财富。现在，西部行政区中相当多的部门都由这些格兰挪米斯顿同族人及他们的子嗣掌管着，当中最杰出的领导者当属尼尔家族。

离开贝森班克牧场，我们前往已故的威廉·汉密尔顿先生的亚洛克牧场，并借宿了一宿。从这里开始，之后的每一段路都不太好走。记得有天晚上，我们赶着到一个地点扎营，一路上未做休整，所以连晚饭都没吃上。当然，第二天早餐时我们倒是吃了个够。

现在，科拉克地区的行程就告一段落了。之前我们到过的这些地方，土地肥沃、绿草如茵。如果用来发展农业，大概是不可多得的宝地。但我仍然认为，前面所描述的那些牧场，包括布拉克先生、罗伯逊先生、马尼福尔德先生的牧场，还有其他一两个牧场，不论从土壤、气候、草场，还是与大城市的距离来看，在整个澳洲都算是上选之地。

再轻松地走上几天，我们的行程就结束了。现在我们
到了格拉斯米尔的梅拉伊河畔，也就是博尔登先生的大牧
场。这儿离繁荣的小镇瓦南布尔不过几英里，我们将各自
的牲畜挑拣出来，然后分道而行——赖里先生去他经营的
牧场，那里离塔希尔不远，而我，则向着梅拉伊与大海之
间那些尚未开发的地带出发了。

我在那里宿营了6个月，在那个"海边的王国"度过
了一段无比欢愉的时光。还记得，一个大晴天，我骑着马
来到海边——那儿比如今的瓦南布尔靠海更近一些。所到
之处人迹罕至，"连一间屋子都没有"。当我骑马走在海
边的沙丘上时，惊起了一群远处趴在地上晒太阳的牛，它
们立马站起身来向四下飞奔而去。其他的一切，在库克远
航到这里之前，都是那么安宁和原始。

我在梅拉伊河的岸边临时搭建了一个住处，安置下我
的畜群。河口处，有一帘宽阔壮观的瀑布。我和我的放牧
人每天在附近放牛，有时候，还会打猎和捕捉袋鼠——他
以前是一名经验丰富的猎手，这对他来说是再好不过的消
遣了。那儿有大群五颜六色的鹅，还有野鸭、短颈野鸭、
鸽子和偶尔出现的野火鸡，这些都是我们的主要猎物和食

物来源。

河对岸，则是费里港地区的第一片耕地，也就是后来的坎贝尔农场。一家殖民时期的捕鲸公司曾把总部设在那里，而坎贝尔上尉——一名被称为"费里港的坎贝尔"的高大的苏格兰高地人，早期曾让他空闲的船员来勘测这片广阔的土地，看看是否肥沃，这也就是我们熟知的法纳姆勘测。

对于这片土壤的丰饶质地，我们也并不是一点儿都不了解。某天晚餐时，我惊讶地发现平时常吃的腌牛肉里加进了些土豆碎块。

我问放牧人的妻子："伯奇太太，你是从哪找到它们的？"

"从土著女人那儿，"她又下意识地补充道，"拿牛肉跟她们换的。"

"不错嘛，"一丝不解突然从我脑海里闪过，"那土著女人又怎么会有土豆呢？她们从不卖力干活，也不纺织！"

"我不知道，先生，"她低着头回答道，"但她们确实挖过土豆，我想，在坎贝尔农场。"这也预示着此后瓦南布尔外贸业务的繁荣——殖民地之间大量的土豆交易，近年来已经占有相当大的份额，甚至延伸至更远的新南威尔士西北部。那时候我是多么意气风发！手里拿着枪，或带着我那3只袋鼠猎犬，追捕着敏捷的袋鼠们。那时，袋鼠还为人们所宽容甚至喜爱，谁也没想到，数十年之后，它们会因为吃了牧场中囤积的牧草而被视为灾难和迫害者，还被功利的立法者归到"有害动物"一类。

第三章　　维奥莱特之死

　　那个时候，尽管袋鼠随处可见，但数目还没有后来那
么庞大。有一段时间，我和乔·伯奇经常饶有兴致地一起
步行。和索耶先生与别的贤达人士一样，我们用步行代替
骑马，以节省马的体力。再说说猎狗吧，沙斯是一只粗毛
苏格兰猎鹿犬，虽然不是纯种的，但速度快，勇气惊人，
没有什么能吓得倒它。我曾见它跳下一辆马车，虽然那时
它正因一条腿骨折在治疗（腿是被一只鸸鹋踢断的），可
紧接着，它便一瘸一拐地追赶起一只突然出现的袋鼠来。
据说，它还曾咬死过一只10个月大的澳洲野狗——本事真
不小。

　　内罗和维奥莱特是兄妹。它们是两只格雷伊猎犬——

殖民地里常见的袋鼠猎犬，奔跑速度极快；因为带着斗牛犬的血统，它们身上有一种无所畏惧的品性。而这，对它们是极为不利的，这一点我接下来会讲到。

维奥莱特动作敏捷，能轻而易举地抓住任何出现在它视野范围内的丛林袋鼠（小袋鼠）。这些袋鼠很少在我们周围出没，所以没什么机会见到。其中最大、最凶狠的是一种叫"老男人"的灰色大袋鼠，体型跟维奥莱特不相上下。有一次，"老男人"出现在海湾，维奥莱特没有等待任何侧面袭击的机会，而是径直扑上咬住它的喉咙。结果维奥莱特被抓得混身都是伤痕。如果是其他狡猾点儿的狗，遇到同样的情况肯定会逃之夭夭以保全自己。

一天下午，我和乔走得比往常更远了一点，当我们沿着海滩返回时，听见前方传来维奥莱特的狂吠声。我们知道它一定是拦住或困住了一只大袋鼠。如果这只袋鼠只是中等身形，可能就已经被它咬死了；那么维奥莱特就会跑开，不会发出叫声。所以，这一定是一个"老男人"体型的袋鼠，大到足够与它对抗和厮打。

"我们最好去看看，先生，"乔说，"这只可怜的母狗会被撕成碎片的。它有勇无谋，都不知道怎么保护自己。"

我们用最快的速度往前赶。虽然顺风，但要到"猎犬和猎物"那儿，也要走上好几英里。一段时间过去了，它们已经历了好几个回合的拼杀。当我们赶到时，草地上一片狼藉，有好几处深红色的血污。那两只动物都已精疲力尽。大袋鼠从喉咙到胸部都满是血迹——若它挺直腰站起来，足有一个高个男人那么高，腰部已被狗的尖牙咬穿，但它可怕的利爪也在维奥莱特的胸部下方和侧腹处留下了一条条可怖的伤口。当维奥莱特无力地绕着袋鼠转圈，发出嘶哑的叫声时，已经虚弱得踉踉跄跄了；但它的眼神依旧是明亮而犀利的——没有一点屈服的意思。

乔立马冲了过去，抢起一根粗木棍朝"老男人"的两眼之间狠狠一击。它仰面倒下了，像一根木头似的横在地上。维奥莱特乘机蹒跚着爬过去咬向它的喉咙，但也只能咬住而已，无法再用上一丁点儿力气。最终它也倒在了袋鼠旁边，一边喘着粗气一边呜呜叫着，直到整个身体开始剧烈地抽搐。我从来没见过一只狗因伤耗过度而经受如此痛苦的折磨。附近有水，我们把它抬到那里，清洗它的头和脖子。它身上有3处极其严重的伤口，血流不止，我们无计可施。乔被触动了。他看着这个受伤的生灵，流下了眼泪。"可怜的小母狗！"他说，"这一定是它最后一次捕猎了。真可惜我们没有骑马，本来可以早点赶到的，那样就能求它放过那个野蛮的老家伙。不管怎样，我要把它带回家，也许我太太能救它。"

他确实这样做了。我伤心地跟着走在后面，这只奄奄一息的大狗用感激的眼光看着乔，并时不时地添添他的手。伯奇太太像照顾一个孩子般悉心照料了它。我们尝试了各种治疗办法，为它缝合伤口，甚至根据伤情给它服用补药。但一切都无济于事。因为失血过多，体能消耗过大，维奥莱特当晚就死了。此后数天，我们几个都一直笼罩在沮丧的情绪中，如同失去了一个挚友。

从某些方面来说，我选中的是片不同寻常的地方，它有趣而丰富。河流从我们的小屋门前流过，最后汇入入海口处一片宽广的沼泽地。这儿是一处极好的天然牧场，因为五六英里之外就是霍普金斯河，两条河并行着流入大海。除了某几个河段外，这两条河的两岸都被简易地防护起来，禁止渡河。博尔登先生在上游两河中间的草场上圈了一块地方，到海边大约10来英里。那里当时是博尔登先生拥有的多个小牧场之一，也就是外界所说的小公牛牧场。

瓦南布尔，如我此前所说的，当时还没有建起来。那里没有一片园地被标价或出售，没有房屋，也没有耕地。那些日子，你的耳朵不会听到其他的声音，除了永不停歇的海浪谱成的乐曲；眼中不会有其他景象，除了无边无际的森林、沙丘，和广阔、波光粼粼的太平洋。海面大多数时候是平静的，但也有波涛汹涌的时候，尤其是在冬天，当强劲的东南风来袭时。瓦南布尔的码头与货栈、市长与市政委员会、别墅与村舍、田园与公园，都是后话了。当时人们的目光所及，只有沙丘与海浪；耳力所闻，只有海鸟啼鸣。但是贝尔法斯特（它由已故的詹姆斯·阿特金森先生命名）已经借着费里港古老的捕鲸站发展起来了。那里白色石灰岩砌成的墙壁，与四周的密林形成明快的对比。贝尔法斯特坐落在莫因河河口与大海的交界处，这片开阔的锚地，不难猜想常有海难发生。海港中的每块石砾不仅蕴含着诱惑，还诉说着更多的真相。

当时的先驱者中，带头人是约翰·格里菲思先生及其公司，很多年里，约翰·格里菲思先生经营着费里港和波特兰之间的多个捕鲸站。

那时，坎贝尔上尉（之后更为人熟知的是"费里港的坎贝尔"）作为负责人为他们管理船队和渔业，以及农场和仓库。和约翰·莫斯廷一样，他在土地买卖开始前的年月里"尽力统管着这片土地"。如果那些传说是真的，"他曾对异己手腕强硬"。他无疑在海上和岸上的多个社团里都很有影响力，可惜这些经历都无法作为"援引案例"提供给新兴的律师们。即便如此，他一直坚持"吾日三省吾身"的态度。很多年后，在担任霍布森斯湾的港务主任时，他向我表达过遗憾，说行政部门的职业规范使得他不能用关于捕鲸利害的简单道理说服一位不听命令的船长。在他任海军上尉期间，约翰和查尔斯·米尔斯在传统军衔中级别最高。这两兄弟是塔斯马尼亚岛的土著人，有着完美的体格。如果要找既勇敢又熟练的水手来踏板和掌舵，没有比他们更适合了。

数年后，在费里港海滩拥挤的人群中，我围观了一艘船投下锚对抗东南方向的暴风雨的经过。我记得，那天早晨狂风肆虐，阴沉的红色天空中布满乌云，海上波涛汹涌。狂怒的暴风击碎了层层翻腾的巨浪，怒不可遏的浪涛声淹没了其他所有声响。

这艘帆船是不可能经受住这场风浪的。不出所料，船长将所有船帆收了起来，迅速用丝线绑好。

高潮时刻来了。在经过迄今为止最强烈的暴风雨后，我们看见那艘船脱离了原来的位置。无数个声音惊呼："锚松了！"说时迟那时快，我们看到所有的船帆撑开了，然后调转方向，船首朝向无数细浪形成的白线行进。我们面前，是一幅难得一见的景象：一艘全副武装的船顺着风行进，在如此强风之下，视死如归地驶向避风港。

她带着骄傲和机敏勇敢挣扎。我们屏住呼吸看着她与风浪搏斗。小船一会儿突然停住不动，一会儿寸步难行。这艘装备精良的船拼搏了一阵后，如同精疲力尽的动物一般翻倒了——野蛮、志满意得的巨浪将它彻底击垮。

而这是预料中的。此时十几名自告奋勇的水手将一艘捕鲸船拖了出来。若连捕鲸船都无法与之抗争，此时的大海会是怎样一幅景象？水手们孤注一掷，费了很大劲，总算将这艘捕鲸船投入到海中。很快，我们就看见它在雷声隆隆的巨浪中颠簸起伏。船尾处是查利·米尔斯高大的身影，他稳稳地站在那儿，有力地握着一支16英尺长的操纵桨。这是我们所见过的展现人的力量、技能和勇气的最伟大场景之一。

　　船长成功地实施了他的紧急行动。他将船尽量开近沉船，再加快速度，返回海滩；捕鲸船则连续往返了几趟，将船员们全部安全地送上岸来。尽管这艘帆船的"挡边和桅杆帽"又给费里港的海湾添了一些不招人喜欢的磕磕碰碰，但除此外，也未造成其他更严重的损失。

　　约翰·米尔斯和查尔斯·米尔斯两兄弟中的哥哥——约翰·米尔斯船长，后来是贝尔法斯特的港口主管，长期在贝尔法斯特和悉尼的贸易活动中担任水手领队。而他，同样是个大名鼎鼎的人物。尽管没有弟弟高，但身高也足有6英尺，他体格强健、英俊挺拔。曾有人说，他的面容和神态所透出的沉着常常让人联想到雄狮。当然，他曾作为捕鲸人和航海者前往新西兰及周边诸岛，在那里有过无数次死里逃生的历险。在如此轰轰烈烈的人生过后，他出人意料地选择安顿下来，在一个小村当上了一名港口主任，平静地度过了余生。他，还有他那位高大、壮实的掌舵人弟弟，如今都已长眠地下。但我不怀疑，在维多利亚州西海岸，他们会作为过往故事中的英雄，永远活在人们的记忆中。我记得曾有一次，在一个大型晚宴上，一位有名的牧场主在醍畅淋漓、神色恍惚之际，借着酒劲，当众宣称，他视老费里港的所有居民为兄弟。众人喧闹的间隙，一位风趣的商界名流搭着查尔斯·米尔斯的肩膀，大声说："这就是我的兄弟，查尔斯！"那一刻，满堂都是喝彩声。

啊！那确实是美好的流金岁月。当你面向西方，望着无边无际的太平洋时，大海的气息是如此自由和新鲜，在离茱莉亚·珀西夫人岛[1]更近的海域，是一片汪洋，没有什么妨碍你的视线！草那么绿，天那么蓝！友谊是那么坚固和纯粹！在诗歌和青春的国度，"在那片失落的世界，在那被忘却的日子里"，爱是那么神圣！

显然，那时费里港才刚刚起步，而贝尔法斯特，就如我前面所述，在瓦南布尔还没有出现土地交易之前，已是个小镇。但是，后来瓦南布尔附近崛起了土地丰沃的法纳姆和普尼两地。那儿高产的小麦和土豆，开始让水运忙碌起来。直至今天，我能想象出的几乎所有的商业繁荣都汇聚到了瓦南布尔，而贝尔法斯特宽阔的石灰石街道，已比20多年前要萧条许多。

---

[1]　茱莉亚·珀西夫人岛（Lady Julia Percy Island），费里港西南22公里处的火山小岛。（译注）

在约翰尼·格里菲思的时代过去后，继任者是约翰·考克斯先生，他是塔斯马尼亚岛的克拉伦登家的幼子，家族的杰出子孙。相较于其他家族，克拉伦登家族为澳大利亚培养了更多乡绅的典范。考克斯先生曾离开塔斯马尼亚岛，前往新殖民地西部。人们认为在那里有更丰富的能源和更广阔的事业。早期，他投资了费里港的一个贸易站，对他来说，购买商业中心区的地块和物业，就像购买一个特价商品般容易。他还是鲁兹山牧场的第一位所有者，从长远来看，那里极有可能成为这个一流地段最上乘、最昂贵的牧场之一。

但考克斯先生将不合兴趣的生意转给了来自法纳姆·帕克已故的威廉·拉特利奇先生（此人极具商业头脑和热情，很快又在贝尔法斯特购入了新地。）从那时起，考克斯先生就开始全身心地投入到畜牧生意中。但后来，他却被毫无执政智慧的地方长官无礼驱逐出了鲁兹山牧区，理由是政府要将当地变为土著居民保留地。于是，考克斯先生就去了内皮尔山——一个从牧场面积到品质都略逊一筹的地方。

而我要说的是，多年后，当地政府发现，土著居民保护体制仅仅只是为地方帮派中那些懒惰、惹是生非的野蛮人提供了方便，对政府和其他人一点好处都没有后，便取消了保留区。但可鄙的是，对于那些用不公正手段得来的土地，政府不是将其物归原主，而是采用招标来处理它们。在这样的交易中，鲁兹山的年租金达到了900英镑，这个价格在畜牧租赁史上是前所未有的。

在梅拉伊河边住了几个月之后，我决定去西边更远的地方。在那里，有更广阔的乡村，我有更多的机会获得面积更大的土地。我现在居住的地方虽美，但不够大。才刚开始喜欢上这里，就要离开这个漂亮舒适的家，虽有些不舍，但我认为自己的判断是正确的，往西走，会有更丰沃的牧场。所以，我还是决意离开。

经过几天的打点之后，我们即将上路。我们的牧群已经增员，里面夹杂进了许多1周到3个月大的小牛犊。在其他情况下，这些柔弱的旅行者们也许会大大耽搁我们的行程。但幸运的是，我们要走的路不到50英里。这么短的距离，我们完全可以轻松完成，而不用去催促那些弱小的牛犊们。我们的家当都塞上了马车，和往常一样，它承载了我们的所有。

第四章　邓莫尔

　　冬雨如期而至。西海岸的恶劣天气从东南方席卷起凌冽的寒风和夹雹的冰雨，宣示着"一年之末"的到来。路上的稀泥深及膝盖，溪水充盈，夜晚漫长而寒冷。好在草场还很茂盛，

　　想当年青春与我同在

　　雨打风吹也奈何不了

　　那么，随它去吧！我们的队伍中走在最前面的是驾着拉货马车的乔·伯奇和妻子，还有猎鹿犬沙斯，我和新同伴坎宁安先生——他比我更早在那里定居——赶着牲畜，在随后一两天里赶来。

　　此前不久，我曾在一位老牧场主的陪同下有过一小段

探险：他另有所图地陪我到了一片未开发之地。那儿正是我们的殖民地现在扩张的地方。这位经验丰富的牧场主个性鲜明、特立独行——后来，维多利亚州人都管他叫"悉尼来的老手"。有他跟着拉货马车，在我们到达前，一切都必定是妥当的。没有比他更细致周全的人了。但即便如此，我那位全能管家——堪称最别出心裁、富有活力的先锋——当然也能在我们到达前的短短几天里，把一切打点完备。

前几日的旅程最为艰难。被迫离开熟悉地点的牲畜们不情不愿，很难驱赶。但凭着两根牧羊鞭和畜牧犬多拉，我们渡过了难关，抵达莫因河边靠近贝尔法斯特的罗斯布鲁克。詹姆斯·阿特金森先生的雇主罗德里克·厄克特先生负责那一片地区。他非常热情地接待了我们。晚上，牲畜进了围栏里，我的同伴则骑马去了镇上，打算清早再与我会合。

刚开始的时候，人们认为那里的农田很难吸引佃农来定居，所以厄克特先生对第一批参与贝尔法斯特勘察的农民实行口粮配给。在最初的一两年里，配给一直在发放；可一段时间以后，毫无疑问，农民们便能自己自足，为租地支付适当的租金了。费里港四周的土地虽不如法纳姆·帕克的肥沃——潮湿但水流不畅，多石，却适宜放牧。贝尔法斯特镇的大部分土地都属于这一类型，但5000英亩5000英镑的价格在今天看来也绝对算贵的了。这里的大部分地区是一等牧地，另外还有一个滨海小镇、一个产量丰富的石灰岩采石场、一条部分河段可航行的河流和一处海港。

那天晚上，因为心里惦记着任务，我睡得很浅。午夜时分，牛的低哞声不断在我耳旁响起（用看管人的方言讲就是"吼叫"），显然，我的牲畜从院子里溜走了。我赶紧穿上衣服，跌跌撞撞地冲进黑夜中及膝深的泥地里。正如我所担心的——围栏倒了，被踩得陷进了泥里；牛儿们已经跑远了。我焦急万分。这个牧场并不安全。要是它们跑散了，再就难找回来了，要花很长时间不说，甚至可能就找不到了。

听着躁动的蹄声和咆哮声从四面八方传来，我一筹莫展，只能沮丧地回去睡觉，像马尔他圣·保罗的船员们[1]

※1　St. Paul's crew at Malta:Apostle Paul的沉船于公元60年失事于现今被称为圣保罗岛（St. Paul's）的地方。（译注）

那样，"期盼着黎明的到来"。

天刚破晓，我便骑上马，环绕牧场奔跑着寻找起来，却没见到一头牛的踪影。绝望中，我调转马头，向牧场边界的大盐湖湖岸骑去。在灰蒙蒙的晨雾中，我好像看见湖岸岬角处有黑压压的一大片，一直延伸到湖边。我朝那里全速前进，终于发现那些走失的"财产"正躺在狭长的湿地之中。看来，它们本来想一路跑回之前的牧场去，却被这片汪洋般未知的深水拦住了去路——毫无疑问，在漆黑的夜里，盐湖在它们看来就像一片突然出现的大海。

吃完早餐后我们继续上路，前往距贝尔法斯特西侧10到20英里的圣基茨岛牧场。阿普林家的先生们就在那里，他们是在1年前接手的。那里的牧场更加肥沃，所以成了畜牧点。接待我们的主人都是受过良好教育的文化人，刚从英国移民来不久。和我一样，他们对放牧和从中获利热血澎湃。工作就在眼前，前途明朗！人生之海中未见浅滩与流沙！我们就有关经营和其他更深刻的话题彻夜长谈。我记得，我们认定牧场会升值，而且竞争会愈发激烈。当时我们哪里会料到，身为地方治安官的大哥会死在萨默塞特——一个殖民地中的无名小镇——而在经历从萨托矿山到霍基提基近30年失败的掘金经历后，他的弟弟，竟在斯坦索普靠挖锡矿发财！噢！"注意，命运的大网正在展开！"这样的谚语并没妨碍笔者当晚睡个好觉。第二天一早，我们又上路了。

那一天开始时很顺利，后来却令人沮丧。我们在深深的泥地里行走了12个小时后，畜群已是浑身泥污一片。在我们到达新院落后，它们总算能安顿下来。况且，雨水充足，能将它们浑身冲洗干净，草也还算茂盛。雨下得着实有点让人心烦意乱了，阴沉的天寒风嗖嗖。我们的鞭子很快就被浸透，发挥不了什么作用。而我的同伴感冒得厉害，嗓子几乎说不出话，脾气也因此而变得很差，牧羊犬多拉也沉默下来。更糟的是，路开始变得难找。在艰辛地走了几小时后，我们，尤其是我那位同伴，开始怀疑是否走错了路。心情愈发沉郁的我们争论着救难所邓莫尔是离我们不远了，还是我们早已偏离了正确道路，这个时候，一切就像蹩脚打油诗里说的那样，这是最糟的一天中最糟的一刻。

我的朋友用他嘶哑的声音断言："如果要在这不休不止的雨中耽搁一晚，到早上，我们的牛就会四散逃去，不知所踪。"但我言简意赅地安慰他"这里有放马场的!"结果却一语中的。我竭力举目四望，在树丛那边，真的有树苗做成的双横杆围栏。这就够了。放马场的面积不会超过5平方英里，而且一般来说，不出20英里就会有一个宅子。

当时昂贵的劳动力和有限的资金使得人们在标杆和围栏的投入上还算谨慎。一个用于饲养马匹和耕牛的100英亩的场地，在那时也算平常。看到了放马场，落脚的房子也就不远了。

当我俩费力驱赶疲惫的牛儿们绕过栅栏后，当年人们眼中最为完备的老邓莫尔牧场就出现在眼前。那一刻，我们的心情为之一振。虽然现在看来，这个牧场根本比不上巴拉博吉或格罗格尔，更别提埃尔西杜恩和特拉瓦拉，还有西部的其他牧场了。可在当时，由于有些牧羊大户并不认为在岗亭里睡上1个月有什么丢人，所以对于一个中型牧场来说，配有折叠式栅栏的薄板茅屋就算是配备齐全了。但在邓莫尔，则共有3座小屋配有牢固的木板，并建有石头烟囱和用泥砌成的制酪坊，更有为"旅行者"——"卡梅顿"的儿子，准备的马厩，以及宽敞的挤奶场和牛棚。此外，一座雄伟的大坝坐落于肖河之上，水流从坝顶如装饰幕布般直落而下。

就如我所说的，此时季节已近严冬。天气潮湿，棚屋外那原本有马场围栏庇护、奶牛来回走动的小道已经变成了足有一两英尺深的泥潭。只有穿过这片泥潭，我们才能到院子里。我这辈子也不会忘记当时眼前出现的一幕。一位穿戴整洁的绅士从主楼走出来，显然是刚好要去用晚餐。当他平静地一步步走过那片泥海，来到院子里，打开沾满泥巴的围栏，现出一个入口让我们的牛进去时，我被他诚挚的好客精神和谦逊的姿态深深打动。我们此前素未谋面，而在此后数年和詹姆斯·欧文的友谊中，我了解到，这样的举动出自他身上自然流露的慷慨和对已融入血液的绅士气质的遵从。

可怜的畜生们又在泥地里睡了一夜。但想着它们明天就会得到解放，能在自己的"领地"里自由活动了，我也就不再担心，跟着礼数周全的主人去了客房。这是一间舒适而独立的房子，我们在里面简单地更换了衣装，感到舒适、愉快。接着，沿着一条上坡小路走了一会儿，来到了"别墅"，在那里，我被介绍给坎贝尔先生和麦克奈特先生——这里正是由他们和詹姆斯·欧文先生3人一起经营。

当时我们所驻扎区域的边境正经历旱灾，有好几个月，牛奶断供，只能依靠从瑞士进口来略微维持。黄油还算供应充足。想起当晚那些摆在舒适餐桌上的大罐奶油、鲜奶油饼干、诱人的起酥饼和大块的里脊牛肉，我已垂涎三尺。我们先大快朵颐了一番。然后，众人围坐在炽热的柴火堆旁畅谈，最后躺在层层厚毯下一觉到天明。

管家蒂维厄特太太是位上了年纪的苏格兰老太太（亨利·金斯利有没有把她写进小说里呢？）年复一年，她毫无怨言、一丝不苟地在那里接待无数宾客，为他们提供舒适的服务。那个夜晚永远留在了我的记忆里，如同一颗洁白的石子点缀我喜忧参半的人生。那天晚上，我结识了一位相伴一生的友人，在后来如此漫长的生涯中，这份友谊从未有阴云密布或令人忧愁的时候。如果说，一个人的未来是由某个关键时期他所接触的人和事来决定的，那么，因为离邓莫尔近的缘故，我已深受其影响。与那些正直、优雅且精力充沛的饱学之士的密切接触，耳濡目染之间，我不可避免地获益良多，思想也变得更为深刻，也能就殖民制度发表一些值得称道的观点了。

第二天一大早，牛儿们被放了出来，排着队一头接一头地来到肥沃、丰沛的草地上。在那个现已不复存在的黄金年代，每个牧场主的家宅都被这样的草场环绕着。早餐后，我出发去寻找驻扎地，也就是吸引我的家仆们宿营的地方。在邓莫尔西边大约7英里，我找到了它们，那是一片延伸进欧梅瑞拉（Eumeralla）大沼泽的土地，覆盖着稀疏的树木，与之相连的，是延伸出来的石灰岩群，即众人熟识的"岩石区"[1]。岩石群上有一片环形洼地。某年旱季，我那位令人尊敬的向导和探险家老汤姆曾见过一只澳洲野狗在那里喝水。于是，他把这片洼地叫作"原住民狗洞"——直到今天我们也还这么叫它。就在"狗洞"附近，我的仆从乔·伯奇已经开始伐木，准备建一个灌木篱，然后为草皮房子修墙，还将货物都打开，以免它们受

---

[1] 岩石区（The Rocks）位于环形码头西侧，是第一批欧洲移民的登陆点和发祥地，是悉尼的老城区，具有浓厚的欧洲文化气息，是反映民情风貌的"活的博物馆"。此地现在是悉尼市中心最繁荣的商业区之一，有各式餐馆、咖啡馆、商店、时装店和周末大型平价市场，是游客必到之地。（译注）

潮发霉。总之，新家园的建设进行得有条不紊。我受到了热情的迎接。鉴于牲口人老汤姆要和我同行的旅友坎宁安先生即刻赶赴邓莫尔，将牲口迁回，我便趁此机会，牵着我的马儿，准备前往我的新领地视察一番。

墨尔本回忆录
Old Melbourne Memories

岩石区码头（1900）

第五章　斯夸特塞湖

　　当第一天清晨来临时，我站在牧场里环顾四周，胸中升腾起一股骄傲之情和勃勃雄心。我的牧场！我自己的牧场！心心念念的企盼终于成真。我居然成了这里——整整5万英亩的"森林和原野"、湖泊和沼泽、山川和谷地——独一无二的主人。我花了10磅，从澳大利亚总督手中得到居住许可后，一定程度上，我就是这里的主人了。从此再没有白人以任何方式骚扰我、侵犯我、驱逐我。这是我第一次获得许可，上面有总督查尔斯·菲茨罗伊爵士的签名。这份正式文书很珍贵，之后有许多有"星期四到星期四"土地使用权的牧民也盼望着政策能落实到他们身上。那时候，人们还不能自由买卖土地。只能在特别勘察取消后经拍卖获得。也没有什么驿站啊、水库啊或者金矿，还有采矿许可证啊、矿工权利啊，更别提群租土地的新措施了。

我望向这片土地，没有一处浪漫的景致，也没有风景如画的地方。但是"陆海皆无的光亮照过来"，在这片未知的一望无际的荒原洒下一道天堂的荣光。向西是广阔的沼泽地，其间流淌着欧梅瑞拉，周边地下水丰富。向北有火山岩——我们叫它伊莱斯山岩，它由一堆冷却的零碎的火山岩组成，现在上面长满了厚厚一层袋鼠草。由于这些石堆和火山岩太粗糙，边缘太锋利，在上面骑马是非常危险的。许多年后，我们喜欢带着狗光脚在上面走。

南边是一片低矮的丘陵，中间也有几片平地，上面长着美丽浓密的黑木和本地山核桃——这是澳大利亚最美丽的树了。坡的阴面又是大片沼泽地，平原上灌木丛生，树林更加茂密。此时正是盛夏，到处都是草木葱茏，这足够能养活两三千头的牲口了。

这里没有高山耸峻。它一直被看成是个"低地国家"。眼望所及之处只有一座伊莱斯山，它矗立在火山岩之中，向西北方向绵延数公里。大部分沼泽地则寸草不生。但是，这座"岛"(牧羊人都这样称呼它)，地貌丰富，风景优美。

这里有一些孤立的小丘，面积从十英亩到百英亩不等，地势略高于冬季沼泽的水位。不像一般沼泽，数亩的水域中生长着摇曳的芦苇荡，这几座"岛"上的土地却极其肥沃，和大陆上一样丛林覆盖。难能可贵的是还可作为牧牛场。夏日里牛儿一到晌午便休息了，冬天和春天则是到入夜。离我们驻地不远的地方有另一座"岛"，我们叫它"肯尼迪的岛"，在我来到这儿多年之前，已有一位命运多舛但勇敢的探险家在那儿定居，就是发现去往波特兰市集小路的那位。他从西部的小镇出发，去过多少地方啊！在精疲力尽的荒野探险之后，就等船只准备将其安全送回，却在途中被埋伏的野人用矛刺死。当时船上的人目睹了这一切。

那时候，我们对这片干燥的大陆一无所知。一望无际的陆地看上去和英国草原并没有什么不同，都是草木葱茏、植被繁茂。池塘和湖泊迷雾笼罩，池中生长着芦苇和"沼泽金盏菊"——"池边有草丛、燕麦草和灯芯草。野鸭在池中游泳，一行天鹅在空中扑腾着翅膀。野生动物

（袋鼠和澳洲野狗）、印第安人（黑人，我们从"化石"上看到用火的痕迹）、人迹罕至的荒原和绝对的自由、独立。凡此种种构成了我们最珍贵的财富。没有战争，没有政府，没有固定工作时间，也没有算计和教训。在我看来，当年这里就像鲁滨逊漂流的那个岛屿，太美好以致不太真切。我何德何能可以拥有这些无法估量的巨大财富和满足感啊！这个新世界为何如此美好！还能有什么抱怨和不如意呢！我本该给马洛克先生打个短工，并解决这个疑问，即"生存有价值吗？"这个想法莫名其妙地成了我们共同的疑问。但是，在殖民过程中采取行动必须是有目的性的。之后，我返回牧场，享用伯奇夫人给我们准备的简单但却可口的餐点。

冷的腌牛肉、热茶配上涂了又甜又新鲜的黄油的丹波面包，简直是无与伦比的美味。在清晨清新的空气中消磨的时光让人胃口大开，能吃上这么一顿早餐多么让人满足！

之后召开了军事会议，由乔·伯奇主要发言："老汤姆可以看管牲畜。坎宁安先生和我去砍树。我有一个简单易行的方法可以将上百的木头运送完毕，就是养一些犍牛去运送树桩，先生，今晚我们就可以运回一批树桩。"

我们下一步需要做什么呢？

建一座房子。

我们现在住在一辆运货马车里。当及其困乏时，马车虽是夜里的一个栖身之所，但是在白天却起不到大用处。如果遇上雨天——这在西部地区是极平常的天气，虽也能遮风挡雨，但肯定比不上固定的住所。

茅屋的新墙搭起来了，整齐又坚固，用的是比砖头还大的黑色原木，刚运来时还带着潮气。一天之后，我们用茅草做出了房顶，从此晚上可以在屋子里享用舒适甚至豪华的晚餐了。我和坎宁安先生的床各占一个角落，每张床配一个固定床架。乔·伯奇和他的妻子还睡在马车里，而老汤姆在柱子下有自己的一块地方。

但是这个由隔板造的屋子，有了盖板做的房顶和地基，经过木匠的修缮后，现在俨然已是一处可以称作是房子的地方了。同时，我们的计划开始执行。在这里称为我们，是因为除了要做一些劈木头、削方等工作，还由我指挥牛车将木板运到选定的地点。

乔·伯奇和坎宁安先生（他是个很有经验的丛林土

著，多才多艺）很快将木板用完了。然后开始装原木，这些大部分是我运过来的。与整日的劈木头相比，我更喜欢干这个。老汤姆负责看守牲畜。牛儿有了他的引导，才能如此顺利地返回梅拉伊海岸。

两三个星期之后，小屋差不多建造完成。我的欣喜之情溢于言表。门、桌子、床、几张椅子（三角凳），连同盥洗盆均出自乔·伯奇之手，他用那无所不能的木板做出了所有家具。木头烟囱用石头衬里，排烟的功能良好。屋顶上铺着的一丛丛的高草，后来越发繁茂。

我们的房子比在苏格兰低地上的房子还要好。苏格兰人称他们的房子是"一间大屋子里有两间小屋，"因为有三间房。一间是中庭，是主客厅，也作餐厅。剩下的空间被木板隔成两间，作为卧室。乔·伯奇全家住了其中一间，另一间则分给了我。坎宁安先生和老汤姆睡在最大的房间里——房间里堆着足够的柴火——火炉中始终燃着熊熊火焰，冬天即将来临，这对于夜晚是极好不过的了。

除了牲畜围栏还没建好，其他的工作都已完成。我们牧场不大，人手相对充裕。坎宁安先生经过我的推荐，经应聘加入了邓莫尔牧场，一干就是许多年。我也沉浸在极大的满足感当中——我一直想拥有一个自己的牧场，现在我有了。每天的工作顺心。偶尔会去趟邓莫尔，在那里度过了很多愉快的夜晚，我重拾经典名著，与朋友们相谈甚欢。还住在马车里的时候，我随身带着一些书——有拜伦的、斯科特的、莎士比亚的（那些时候还没开始看麦考利），另一些是其他作者的作品。那一两年里，这些书是我的精神食粮。同时，我还创建了邓莫尔图书馆——这是一个极好的收藏方式。

从此我有了工作、娱乐和同伴。文化工作占据了我的大部分时间。还有什么可以给我充实的现在和锦绣前程降下乌云？然而，有一个问题我忽视了。"岛上还有一群未开化，也没受过教育的亚玛力人。"和他们共同生活，肯定少不了摩擦。

土著黑人生活在维多利亚港西海岸附近——靠近贝尔法斯特、瓦南布尔和波特兰——这群人不可小觑。原住民有着悠久的历史，谁也说不清他们在这片辽阔自由的沃土上生活了多少代。这里气候温和、丛林密布，成群的野禽在特定的季节到这里栖息；还海里可以捕到从鲸鱼（搁浅的）到小鲱鱼等各种鱼类。他们是好看的人种，无论是体格还是其他——男人们身材高大、肌肉健壮；女人们小巧玲珑，面容姣好。再高的赞扬都不为过。

当人们听到小个子的安格鲁-萨克逊人胡说八道，发表澳大利亚黑人是野人中的下等人，介于人和野蛮人之间等等的断言，就会暗自发笑。其实事实正好相反，探险者们都知道，许多部落的首领其实都很仁慈，有尊严，还拥有很高的智慧，决不会让人低看。他们具有幽默感，还有敏锐的洞察力，这些品质可能在高级人种之中也不多见。

我在欧梅瑞拉湖定居之前，就听说过种种关于旧种族和新种族之间的争论。我们到底应该谴责牧场主和牧羊人——就像一直以来认为的那样，还是只应该责怪土著野人觊觎白人的财产和牛羊，我们说不清。无论如何，黑人掳走了牛羊，刺死了牲口，然后遭到守门人、牧羊人和农场主的射杀；同样的，守门人、牧羊人和农场主也被处死。

新南威尔士半开化的土著人布拉德伯里的失踪曾引起过一阵恐慌。布拉德伯里大胆果敢，射击也是一把好手。从前，他偶尔会住在当地人的牧场，但是现在已有一月未见他的踪影，已有流言传出说他已经接受了一些亡命之徒的领导，要来反抗白人。那里人口稀少，房子之间可能相隔八英里或者十英里，冬天的来临使得局面更加紧张。

但是，没有多久，人们就发现了布拉德伯里的骸骨。因为不信任墨累河的族人，他总是随身带着一杆枪。这次，他的同胞们扮成黑衣人德莉拉埋伏他，后来他的那管双膛枪管子弹用尽，陷入被动。我们听说，长矛刺穿了他的身体的时候，他依然绝望地抗争着，不过最终还是被俘获了。前不久，他的族人们砍死了一个看守；在鲁兹山，他们偶遇考克斯先生的一个手下并砍死了他，而工头布罗克先生，靠着那出名的奔跑速度，才逃过一劫。

我在邓莫尔的好几个好朋友，包括一些有阅历的人都告诉我要和黑人保持距离，不要让他们进入牧场。

那时的我年少无知，或者可以说是对事事不加疑虑，我没有听从那些劝告，而是我行我素。我认为我们对待那些可怜的伙伴太不讲情面。毕竟，这里从前是他们的地盘。毫无疑问，下发的一些调解文件说明一些白人心中尚存慷慨。沿着我们的营地向西去，是前面提到过的一大片火山岩。这肯定是旧时伊莱斯山火山爆发时流出的岩浆形成的。现在，它冷却了，变硬了，破裂后分解。这里一直水草丰美，年年如此；沟壑、巨石遍布，火山岩中间是一池湖水。这片区域绵延数英里，差不多从伊莱斯山火山一直到海边。

这里不易涉足，即使最优良、最稳健的马匹在也没法撑过一天，因此，给野人提供了一块无与伦比的天然掩护地。

这块特殊的区域是我们的"莫多克人的掩护地"。我们可以看到他们的营地中升起的一袅袅炊烟，但是却无法看见他们，与他们交谈。在我们还未开始有所戒备的时候，他们可能已经派出过侦察人员对我们进行过全面的勘察，然后那些人一个接一个从岩石中间出来，来到我们的牧场。他们先派出一名信差，举着一根绿色的树枝。接着，其他人也跟在后面小心翼翼地走出来，人数大约有50人。当时我和老牧人都正在家中。我永远清楚地记得那一天和那个场景！

那些日子里我们整天带着枪，住在"印第安土著"的地界周围的人都会这么做吧！

第六章 欧梅瑞拉之战

　　听说这个牧场最早因为修斯和霍斯金斯的缘故，由亨特先生所占有时，悉尼的欧梅瑞拉人去挤奶场时总是随身带着枪支，以免遭到突袭。传言称，有一天就发生了突袭。主力交锋之时，入侵者的一支队伍从侧翼包抄，逼近了似乎毫无防备的宅地。不过，他们在那里遇到了威廉·卡迈克尔先生，他驻于附近，颇有几分福斯塔夫式[1]的作风。当时，他堵在路中央，手里挥舞着一把生锈了的短剑。那些黑人见之顿时士气扫地，究竟是因为他那身让

※1　莎士比亚历史剧《亨利四世》中的人物，他是王子放浪形骸的酒友，既吹牛撒谎又幽默乐观，既无道德荣誉观念又无坏心，是一个成功的喜剧形象。（译注）

人刻骨铭心的肥肉，还是他身上那股子令人望而生畏的戾气，我们不得而知。不过，在他们的主力部队从伊莱斯山撤退之时，他们也都仓皇逃走了。

戈里和格雷戈尔先生叔侄俩是欧梅瑞拉拓荒者的首领，他们买来了最早一批ITH牛，并因此占据了第一片牧区，有关传闻众说纷纭。戈里先生是个身体强壮、性格豪爽的老苏格兰人，他有一柄令人艳羡的长步枪，而且他能一枪置人于死地。关于他临危不惧的传闻可谓神乎其神。

野蛮人无端屠杀生事后不久，拓荒者们对他们发动了一次突袭，有两个土著竟然就从戈里先生脚底下的一处掩护冲了出来。他俩以他们最快的速度，左右逃窜，跑得慢些的那个胡乱指着另一个人，像是说他才是罪魁祸首。

"老实点儿！"这个泰然自若、身经百战的人一边用那把老式步枪指着那土著，一边说。"小子，给我老实点，不然我把你们两个都给毙了。"传言里描述了他究竟是怎么做，怎样处置眼下的控诉人，又是怎样在其中一个人逃出那柄长长的卡宾枪射程前将他制服。

有一天，格雷戈尔先生在返家途中经过了一片动乱区。突然，他发现有"土著人的符号"，是刚留下的，格外醒目，飞驰的马儿突然失足跌倒在地，把他摔得够呛。他站起身来，上前查看地上一动不动的马，发现它已经断气了——前腿和脖子都断了。略加思索后，他捡起马鞍和缰绳，扛在肩上，然后跑了七八英里路回家，此等行事怕是连德克尔福特都会钦佩不已。

一连数月生活过得倒是平静。一座结实、宽敞的"棚屋"拔地而起。它有一个宽敞、坚固的烟囱，由玄武岩石块筑成，这种岩石周围到处都是，烟囱两侧都设有枪眼，这样方便我们应对围攻。接着要做的就是牧场了，要把它隔开、建造好是势在必行的事，没有它，我们还称不上是真正的牧场。按照说明，要办成这事需要设置厚实的围栏，也就需要弄到"四栏一柱"。白皮桉用来做隔板固然是好的，可是却不适合用在牧场上。因此，听欧梅瑞拉当地人说，在靠海岸的方向，距我们以南约八公里处有一片长喙桉树林，于是我们决定去那里取木材。听说，帮忙搭建过欧梅瑞拉棚屋的丛林居民——一个名叫廷克·伍兹的流浪吉普赛人（为此我很感兴趣）——曾标记过一些树，可以给我们些提示。乔·伯奇认为余下的他自己可以搞定。

"圆柱子"我们可以就近取材。可是长九英尺、厚三至五英寸，且要跟木板栅栏一样笔直的厚栏杆，就不得不进森林里去找了。由于坎宁安不在，老牧人汤姆要料理牛群无暇分身，这事就落在了我和乔·伯奇两人身上。

事情也就这么定了。一个周一的清晨，天刚破晓我们便动身了，乘着几匹牲口拉的车，带上伐木工具、横锯、斧子、垫草、毯子和一周的干粮，也捎带上了枪。我们到了森林，找到了廷克标记的树（多年后它也就叫这个名字了）——一大片长喙桉，外围有棵树被劈断了，好查看树干是否中空——我们很快选定了一棵"腰身粗壮笔直的树"，开始干起活来。乔先在树干下部砍了个不大不小的口子，然后我们就开始使用横锯。我以前做过相当多的手工活，不下一两回，等这棵大树开始摇晃时，我们就把它朝树桩右侧拖倒，放倒的树将周围的小树都给压在了底下。

"接下来，先生，"乔说，"你给我搭把手，先把这树锯成两截，每截再锯出三段。之后的事我自个来就行了，不过我们先喝壶茶吧。你可以先把车拉回去，隔天再驾车过来。那会儿我就已经帮你锯出好些栏杆了。"

我们舒舒服服地填饱了肚子。然后我就驾车回去了。

日落时分，那小屋的茅草屋顶就映入眼帘了。除了砍树，我来回赶了十六英里的路，接着我把挽具从牲口上卸了下来。

这一夜我睡得很熟。我在约定的日子驾车往树林里去了，乔看起来气色很好，心情也不错，他已经把整棵树截成了漂漂亮亮、笔直又结实的栏杆了，我们搬了三十根到车上。后来我又帮着砍下了一棵树，然后又驾车回去了。

周六还是干同样的事，重复前面的步骤，截好栏杆，再装到车上。乔晚上肯定特别孤单，他一个人住在树皮搭成的小屋里，周围尽是一根根黑漆漆的长喙桉，身边也没个说话的人儿。好在他这人不会胡思乱想——不管是在树林还是荒原，陆地还是大海，走路还是骑马，又或者徒手搏斗还是舞刀弄枪，在他眼里就是一回事儿。他是个天不怕地不怕的男人。所以，多年后，看到他的军官儿子别着维多利亚十字勋章从印度归来时，我知道这英勇无畏的血统来自何处。伐木工作差不多接近尾声之时，周围到处都在谣传黑人倾巢而出，开始持矛猎杀牛群。而且，他们都是"女王陛下所认可的臣民"，这话应该是出自杜格尔·代尔格蒂之口。坎宁安先生骑马穿过邓莫尔的林地时，被黑人投来的矛给刺中了，一共中了三柄，有一柄还穿透了他的帽子。根据他所断言的，后来他们就消失在"密不透风的灌木丛"里去了。附近的人商量着要武装备战，进行集体抗议，免得这事继续发展下去。

我把这事告诉了乔，还捎带上伯奇太太的口信，说老汤姆很了解那些黑人，因此很是着急，他不能再待在外头了，最好跟我一同回去。

乔基本表示赞同，不过他说有棵树树干笔直，非常漂亮，他得先砍倒它，如果我肯帮忙的话，事情一办完他就立马回去。我试着劝了劝，却没能成功。然后我们就把那树"放倒"了，我装好车就又一个人回去了。

这棵树可真大啊，车上的载重也比之前的要重些。最后动身出发得有点儿晚了，往回的路走了才刚一半，月亮就出来了。更糟的是，我走到了沼泽路的薄弱区域，而且跟带头拉车的那头牛僵持起来。这畜生脾气暴躁，它猛地扭转身子，"身上的轭都给翻了过来"。凡懂驾车的男人都明白我这种处境。经它这么一折腾，那弓形卸扣就扯到牛脖子上了，压在轭的上方，把原本靠外侧的牛儿扯到了内侧来。我几近抓狂。我不敢把轭给取了，因为它们还没什么经验，肯定会跑脱开把我一个人丢在这里，孤独无援。于是我让步了，将牛群松开些，然后发现只要让为首的那头离得远些，再耐住性子慢慢来，它们也就乖乖上路了。道路不宽不窄，它们也认得回家的路途。

途中我得从两簇茶树之间穿过去，树丛很是高大，我看不明分，只觉得它在月光下黑黝黝的，十分诡异。我开始想起那些黑人，他们会不会结伴来袭击我们呢？突然，我听到一声刺耳的尖叫，周身的血液流速顿时加快。

我赶紧把枪抓过身来，它就摆在栏杆旁边，放在车子侧板内侧。"我可不能轻易把命给丢了，"我心里想到，"可是啊，如果不幸因此丧命——我岂不是再也看不到我的家了？"我把锤子拖近身旁，突然又响起第二声，却不那么刺耳了——老实说，在我听来，要悦耳得多——接着一群黑色的鸟儿从我头顶低低掠过。原来是野天鹅的叫声！待看到棚屋里的灯火，我心里就不那么忐忑了，然后驾着车一点点往牧场方向靠近。我有点儿拿领头这头牛没办法，它走在牛群的边上，不愿让我靠近它——它一贯脾气如此。好在我还是搞定了它，让它跟它的伴一起被套在轭下算是惩罚，这一程一直捱到天明时分才算结束。

伯奇太太最担心她丈夫，嘴里骂骂咧咧说他蠢到为了区区几根栏杆不要命了。老汤姆笑言到，只要乔有把不错的枪，他一个人就敢跟这一区所有的黑人对着干，前提是他们没有乘他不注意逮到他。

"我们得提防着点那些黑家伙了，"他一边悠闲地装着烟斗，一边说道，"他们一旦开始猎牛，一时半会儿是不会收手的。而且，万一哪天我们不在屋里，他们说不定还会把我们的屋子给占了去。"

"你们给我把枪，"伯奇太太说，"这样，我一个人留在屋里时，还可以吓吓他们。不过我敢肯定，如果我把所有面粉和家什都送给那些土著女人的话，他们应该也不会对我下手。"

"这些家伙可不是一般人，"这位老牧人若有所思地说道，"他们中间有好有坏，但要是哪个黑家伙敢起坏念头，如果他想使诈，我的子弹会比他动作还快。"

我几乎没有作声，想到自己的和平主张不起作用，心里不免有些烦躁。不过，我还是打起精神，从当地种族矛盾的思绪里回过神来，待日后律法日臻完善，这一问题自会得到解决。

"他们到现在还没对我们的牛群动手，"我说，"这说明他们多少还是懂得知恩图报。"

"我看不是，"老人接过话头，"我丢了头黑白花纹的肉牛，而且有头肥肥的、腰部有白斑的黄牛也不见了。它们两头是一对儿，经常待在一起，我看就是那些强盗把它俩给掳了去。"

"明天我们就去找找，"我说，"伯奇太太，乔越早回来越好。"

"就是啊，"这位果敢的主妇说道，一边瞥了眼摇篮里还未足月的胖嘟嘟的婴儿，"就是这整个地区，哪里还找得出第二个像他这样为了几根牧场栏杆就不要命的人？哪怕那木头再好，他也该想想我，还有孩子。"

这话说得在理，所以次日我便出门强行带回了乔和最后一批栏杆，而他到最后一刻都还坚持说"我们是要置牧场于死地呀，就还差一周的工夫了。"

我倒觉得这牧场建得刚刚好。它高约七尺，钉得严严实实的——连只耗子也不容易进来。我的任务主要是在巨大的桩子上开榫，由于它们粗壮厚实，对于一个外行来说工作量实在不小。如果这牧场至今还在的话——而没有被溃散的象群给夷为平地——我可以找出好些我打得格外漂亮的桩子。"谢天谢地,那些日子啊!"正如爱尔兰俗话说的,过得逍遥快活。我多想再回到那里——如果时间能够倒退的话。可是,时间老人却透过那节奏分明的钟摆低语道:"时光——一去——不复返!"

战争开始得有些突然。谁也不知道这个国家最后一个本土民族究竟是为了什么。白人们只想置身事外。他们待那些黑人弟兄们不薄。而且,除我本人以外,当地还有别的好心人,特别是坎加通牧场(音译,后来称之为考克斯的母牛场)的主人詹姆斯道森先生,他屯据在东面约二十里处。而当时,我这位老朋友和他和善的家人们都希望形势能有所好转。他们给那些土著女人和孩子们饭吃,给他们衣服穿。他们还郑重其事地耐心学起他们的语言、部族习俗、仪式礼节和风俗习惯来,这在近期出版的一本重要著述中有过记载,就连一向吹毛求疵的《星期六评论》也对此大为称道。大多数英国作家一贯认为澳洲的殖民开拓者们都是些残暴不仁的家伙,而历史上也认为如此,但事实上,我们四个多少也能算得上作家。

查尔斯·麦克奈特逻辑分明,文笔犀利。他是政治和社会评论家，晚年成就较为引人注目。他撰写的有关畜牧的理论，见于当代刊物之上，至今仍被那些经验丰富的牧民们奉为经典，争相效仿。阿普林两兄弟呢，哥哥酷爱科研，对地质学悟性极高，他持之以恒地埋首于此，其成就仅次于塞尔温先生（维多利亚政府的地质学家，在欧洲颇有名气），后来担任北昆士兰政府的地质学家。他弟弟戴森是个诗人，不过资质平平。道森先生的书现在已经公开出版，而笔者有一两本可堪一读、评价尚可的书得向他表示感谢。

在开始讲述我有关小型印军哗变的经历之前呢，我得先说说阿尔德米伦的罗伯特·克劳弗德先生，他是已故的阿尔德米伦领主的哥哥。他占据欧梅瑞拉东部，这里是最早建立的牧区的一部分，当年是已故的本杰明·博伊德先生的家产。一条河流将两大牧区分隔开来。戈里和格雷戈尔先生叔侄据守欧梅瑞拉西部，他们在之前的宅地上增建了许多设施，如今看来这简直就是"突变"。不过，我对多戈霍尔角印象却不怎么好，它原属于老欧梅瑞拉牧区——实际上距邓莫尔和整个地区差不多有二三十里路——如果那牧场最初的占有者的话可信的话。驻地代表——英勇、专横的法因上尉——按照当时的习惯，他下了不容反驳的命令，从而摆平了此事。他"令"戈里和格雷戈尔先生驻于欧梅瑞拉西部，这里有土地，还有地势最为平坦的地区。他又令博伊德先生隔江据守东部地区，不过让他自个拿主意。所以廷克伍兹才会修建新的棚屋。后来他把斯夸特塞湖及其附属区域划给我了，一直延伸到多戈霍尔角，可是我的一个朋友鲍勃·克劳弗德却得听从老板的命令千方百计地想要把我从这里赶走。

克劳弗德先生，跟其他富贵人家的幼子一样，很快就将囊中所得挥霍一空，由于没有别的工作，就受雇于博伊德先生帮忙打理欧梅瑞拉东部，而且他确实非常称职。他是养马的好手，头脑精明、思维敏锐，随时都是干劲十足。比起为自己打拼，他为这位胆识过人却命途多舛的资本家办事要出色得多。他和邓莫尔那里的人是旧相识，还在一个学校读过书。所以，可想而知，我们要拿身边这些零星家常的一些物什跟邓莫尔人相对贵重精美的物品交换总是很方便。我们在那里度过了多少难忘的夜晚啊！

他这人有种特殊的幽默感。听他讲"克劳弗德轶事"总能让我笑得不能自已——他是个熟练老道的笑话高手、彻头彻尾的运动爱好者、前景大好的学者和一位好玩思维游戏的三流作家，也是我们这个小小群体中的活跃分子。他曾伪造了一份委任状，拿它警告坎宁安先生，指责他射伤了一名黑人兄弟。当他信以为真、以为自己身处法律的铁爪之下时，这位胆识超群的英国人（据我所知最无所畏惧的一个人）也不免吓得脸煞白。

我们几个枪法都极好。出于各种原因，当年我们几乎天天枪不离手。因此，我们为保护好家园，以免遭到残杀而时刻处于备战状态。我的地盘和大海中间只隔着一片牧区——是别人的一个牧牛场。当年羊还很少见。那片牧区为贾米森两兄弟所有，也是苏格兰人；他们主要待在西面。他们的牧区有个响亮的名字——唐宁顿城堡。那里树木茂盛，石灰岩遍布，一面毗邻达洛河，这是一条天然河流，河水一年四季涓流不息，最后注入大海之中。[1]

---

[1] 印度民族起义(Indian Rebellion of 1857)亦称印度反英大起义，英国人则称为印军哗变（The Indian Mutiny），亦称印度叛变、土兵叛变（Sepoy Mutiny），而独立后的印度则称它为印度第一次独立战争。（译注）

第七章 岩间子民

沿河上游数里是埃特里克和埃兰高恩，为利尔蒙思先生的领地，他占据此地几乎与我在欧梅瑞拉南部"安营扎寨"发生在同一时候。他以前曾做过志愿军的军官，军衔还不低。他刚从塔斯马尼亚迁来，随行带来些血统珍贵的母马，数年后便发展成了一个马场。牧场范围内有许多火山岩地区。前面提到过的开化了的土著人布拉德伯里先生便是死在这里。在欧梅瑞拉牧场和大海之间，有一方约二三十英里见方的区域，在很多年前极可能曾是周边部落的一个主要猎场和聚会场地。看上去确实如此。这里有成群结队的飞禽走兽，春日里，这里俨然成了一个巨大的野生动物保护区，会聚了当地几乎所有种类的鸟兽。

层层叠叠的岩石之中遍布着数不尽的洞穴、坑洼和各类隐蔽处。那些隐蔽处是过去土著人撤退后的藏身庇护之所。究竟是他们不忍将这些珍贵的僻静地交予白人，还是他们目光短浅、幼稚地想要得到我们的东西和财产，谁也说不清。无论出于哪个目的，也都是说得过去的，因为关于他们的残暴行径的事迹，说他们明里暗里猎杀牲口的传言比比皆是。

次日，我们查看了牛群，大部分都在，只是老汤姆口中所说的两头怎么也没看见。我们正准备掉转马头回去，突然我看到一群苍鹰在沼泽地里的一丛圆形的茶树丛上方盘旋。一群乌鸦从树丛里渐次飞出。突然，另一个刺耳的声音传了过来。我们所有人脑子里都闪过同一个念头，因为我们都直接骑着马儿赶往了那个方向。我们令马儿从密实逼仄的树丛中间穿过，树丛四周散落着好些羽毛。走到那中央，在高高的生草丛里，一头腰部有白色斑纹的黄色小母牛一动不动地躺在那里。一柄尖矛硬生生地插在它的背脊。另一侧同一位置也插了一柄，看上去十分古怪，像是那矛直接刺穿了她的身体。老汤姆一时心中五味陈杂，很是感叹地咒骂了一通，我们一致认为这一战是势在必行了，虽然我们并不想。"明天我们再去看看，"老人说道，"他们一动起手来，就决不会收手，除非把丘辟特和花鼻子这些个恶棍一枪给毙了。"

这些怪里怪气里的名字，自我们来到此地后已经听得耳熟了。"丘辟特"应该是部落的酋长头子，这一部落多在岩石地区和死火山附近区域活动。花鼻子是早期定居者根据其面部奇异的装饰所取的名字。据说他残暴不仁，很不安分。发现战争形迹的翌日清晨，我们打算把畜群到大沼泽南部水域之间的路仔细查看一番。看得出1844年夏季这里异常干旱，许多地表水都干涸了，畜群只得成列从茶树丛中间穿过，许多地方的树丛高达十数尺，最后到达沼泽深处，这里还能找到水。

乔·伯奇发现一处痕迹，谜底似乎就要揭晓了。"他们在这里来回走动过，有很多脚印。"他说，一边从那地方走开，一边指着这些原来的脚印形成的痕迹，它们印在沼泽地的泥里格外显眼。

"畜群来过这里，"老牧人说道，"还跑动过。你看那印子很深。杀千刀的偷儿，我狠狠地诅咒他们！"

我们随着那印迹一路探寻，它越来越多，越来越清晰。有几头显然是在这里被围住了——不下两头犍牛，我们都这样认为，还有几头母牛和牛犊，都朝着这个方向，就是那里。我们在这里捡到半柄断矛。我们继续跟着那印迹走，然后走到一片茂密的芦苇丛，它跟火山岩地区伸出的岬角差不多刚好相对。我们在这里止了步。眼前刚发现的这个字符令我们百思不得其解。

"他们把它丢在了这儿，"老人说，"它在这里倒下的。草丛上有血，这是它倒在泥里留下的印迹。他们在这里把它大卸八块，再一点一点地搬到岩石丛里了——先是牛皮和牛角，再连骨带肉。这帮畜生把我的黑白花牛一点点给抢走了，我们再也见不着了。他们就是从这儿进来的。"

果真，我们看到一条清清楚楚的痕迹，上面有些碎肉，还有斑斑血迹，说明他们就是从这条路把宰过的动物搬来的。我们不能再跟下去了，因为脚下的火山岩不适合行马，这于我们不利。因此，第二日傍晚我们就回家了，这一行虽然有所发现，可心里却怎么也欢喜不起来。

现下有个严肃的问题，那就是我们该如何应对目前这种局面。如果黑人坚持打游击战，除了会射杀掉我们许多好牲口，还会惊扰剩余的牲口，惹得它们四处逃散，让它们在牧场上不得安生。此外，他们令我们的处境不利。他们可以监视到我们的一举一动，随时从岩石里向我们发起突围，袭击我们的家园，一点点地蚕食我们。到了冬天，树林里大部分区域都阴森森的，地面潮湿松软，即便是骑马，如果遭遇突袭，寡不敌众，要想脱身几乎是不可能的事。因此，附近几处牧场的牧场主都充分意识到有必要共同采取些行动。目前已经商议到了"当务之急"这一步。我们都不想让自己的牲口被夺走，不想仆人们无故丧命，也不想我们自个儿被这区区几个野人从所占的良田美地之上赶走。

可是眼下还有个难题，就是我们必须师出有名。除非能表明是正当防卫，否则射杀黑人在当时是要被当地最高法院扣上谋杀罪名的，还会相应判刑。

所以，现下的难处是怎么把批令弄到手，还有怎么才能摸清楚丘辟特和花鼻子，或者是他们那群乌合之众的想法。跟在西爱尔兰有的老区比起来，女王的文书在此处的效力是不同的。全天下的游击队员都是一个样，他们的行踪在一大片地区捉摸不定，一会儿在一个区域为非作歹，一会儿又到了另一个地方，一会儿消失不见，一会儿又神不知鬼不觉地冒了出来。

我们这次有备而去。我们骑上最好的马，也加强了戒备。如果遇上那些岩石间的子民，一旦起了冲突，流血是难免的。

他们最明目张胆的一次抢劫是在约翰·考克斯的内皮尔山牧场，他们赶走了一大群还未交配的母羊，还把牧羊人羞辱了一番。那些羊崽每头大约价值两磅，而且很不容易弄到手。考克斯亲口告诉我，当时那些被赶走的羊差不多占了他所有羊群的三分之一。于是，他让一些仆人操上家伙，跟着他一路追了去。

为了顺利追捕，他的配备很不一般。他屋里住了个开化的土著人，名叫苏韦斯特，他对考克斯先生言听计从。跟大多数他的族人一样，他有极强的追踪本领，而普通人却不一定办得到。他带着一行全副武装的人，轻而易举地跟着羊群在长长的草丛中踩踏出来的痕迹一路追踪，一直追到岩石边缘。

这群羊被赶到了这片崎岖山地。过了一会儿，苏韦斯特眼尖地发现有迹象表明它们是被长矛驱赶着沿着这岩石小道走的。

他认为，他们显然是往湖边走的，就在火山岩地区的中央。查看了痕迹之后，不久他说，他们正离那帮强盗越来越近了。不一会儿，就有肯定的迹象表明确实是那群骚动不安、贪婪成性的野蛮人。

绕过巨石的一处尖角，突然，大约有数百头羊崽映入他们眼帘，是野人们留在这里的。"可是它们怎么全都趴着？"其中一个人问道。

一人停了下来，上前抬起一头无助的畜生的一条后腿查看了一番，他没说什么，但大家都明白那腿已经废了。

这帮强盗把它们的后腿弄残，免得它们乱跑，还方便他们随时回到原地取用。

"我这辈子从没见过这么残忍的事，"后来考克斯先生对我说，"当时我看到那可怜的小东西趴在那里，眼神里满是责备，好似在向我们求救。"

他们又走了好几里路才找到野蛮人的老巢。待大部分黑人都处于控制范围内，他们就朝那些人开了火。

"这还是我第一次举枪对准自己的同胞，"约翰·考克斯说，"可这一瞬我一点儿都不后悔，也没半点犹豫。我从没像当时一样一直提醒自己可不能打偏了——除了在猎鸟的时候。我还清楚记得，我用那把双管枪打倒了三个黑人、两个男人和一个男孩。"

苏韦斯特当天大显身手，他也十分得意。他像着了魔一样左右扫射。有个黑人壮汉受了重伤，拽出自己的肠子想要自尽，死前他还在感叹白人的武器远在黑人之上。当时苏韦斯特拿马枪一下子敲在他头上，结束了他未完的话。

这一次，冲在前面的几个士兵中了枪，大部分人飞快地冲进了湖里，才得以保命。

此事过后，倒是平平静静地过了一阵，直到一天，在埃特里克附近有人当场发现有好些人在捕杀贾米森的一头公牛。贾米森兄弟和利尔蒙思少校——当时还没立过什么战功——跑去讨个说法。这一幕发生在一片芦苇丛里——对方人数众多。四处的枪矛纷纷朝他们仅有的这几个人丢过来。这群皮肤黝黑的敌人不怀好意地悄悄潜伏在他们附近，在树木之间逃窜，一点点靠近他们，简直就是伊山得瓦纳战役[1]的重演。

※1　1876年1月22日，祖鲁在伊山得瓦纳战役（Battle of Isandlwana）中击败英国军队。（译注）

突然，一柄矛刺中了威廉·贾米森额头——好在一顶粗草帽让他保住了脑袋。当时血流如柱，滴在他的枪杆子上，把火药都打湿了。

情况有些不妙。稍有迟疑便会吃败仗。

可后来埃特里克的莱尔德一枪打死了投矛的那个野人，趁着这一反击的空当，他和罗伯特·贾米森两人将受伤的同伴安全带离了战场。

为了向部族人士示好，我曾收养了一个黑人小男孩。他舅爷亲手把他托付给了我，说他叫汤米，还要我"经常修理他"。虽然他在这世上唯一的亲人如此这般谆谆教诲，我却不打算照办。不过到后来我才明白，这一做法正是源于对男孩天性所做的合理分析，尤其是针对汤米大少爷。所以，他基本上给宠坏了，虽然有时也能帮忙看看牛，但大多时候他都恣意妄为，老是惹得好心的伯奇夫人头痛。

一天晚上，我们在牧场待了一整天，发现牛群很是混乱，后来注意到岩石间黑人营地里有火光，数量非比寻常，分外明亮。夜幕时分，我们远远便能看见他们的火光，可以辨出营地的方向，可是由于那里地面崎岖不平，我们不敢追过去，必得先经过一番勘察。

这一夜，总好像有些不寻常的事要发生。狗儿也狂躁不安，我还看到老汤姆也满面愁容。

"我不会放那些黑鬼冲进来的，他们会把我们的房子都给烧了，"他阴沉着脸说道，"如果我们放任他们这样，任由他们把我们上好的猪肉、牛肉吃光享尽，就像他们现在这样，他们会以为我们怕了他们，那就再也阻止不了他们了。你得去邓莫尔找些人来，再叫上欧梅瑞拉的彼得·卡尼、乔·贝茨和克劳弗德先生，一起吓吓他们，免得他们有一天欺压到我们头上来。"

"不，汤姆，"我说道，"我觉得那样既说不过去也不合适。我知道他们杀了我们的牛，可是我必须当场逮到他们才行，才知道他们究竟是怎样的黑人，这样法理才站在我这一边。至于说把他们从岩石丛赶走，这是他们的地盘，我不会对他们动手的，除非他们当着我的面干了什么不该干的事。"

"你就慢慢等吧！"老人闷闷不乐地扔下一句。他点燃了烟斗，没再说什么。

当晚将近午夜时分，狗儿发狂一般地叫了起来，一

墨尔本回忆录
Old Melbourne Memories

边冲进黑暗里，回来后的模样仿佛像是见到了什么充满恶意、非比寻常的东西。我们马上拿上枪前去查看，在黑暗里摸索着走了好一段距离。是夜，四周一片漆黑，伸手不见五指。我们听到有人小心翼翼地压低声音讲话，但只一次，声音就打住了。黑人小男孩汤米原本蹑手蹑脚地走在我们前面好几步，突然他撇下我们折了回去，冲进了棚屋里，他显然是怕得要命，一下子扑进了壁炉的灰堆里，激动地大喊道："野黑鬼，野黑鬼！"吵得伯奇夫人心里慌乱极了。

我们开了一枪，让他们知道我们是有防范的，接着我们几人分开行事，分别躲在小屋的三面并肩作战，而且万一走投无路的话还可以方便撤退，然后等着他们的进攻。

这一刻着实让人兴奋。午夜，四围一片漆黑，万籁俱寂，只有几只狗的叫声和"荒漠的神秘之音"划破天际。想着这帮野人如果从一开始就冲了进来，可能我们这个偏远的区域已经落入他们手中了——我脑中迅速闪过各种念头，彼时我们手里都握着枪，大吼着叫他们赶快现身。

"可是没人回答我们。"他们可能就在附近，躲在黑暗之中，按照他们惯用的伎俩，他们不会在守卫有所防备时下手。待他们等到我们打瞌睡了，结局便自见分晓。这一观点随后便得到了证实，让我们有充分的理由写在给政府的请愿书里。有一回，我跟老汤姆出门了大约一个星期，我们回来时，"几许奇妙的黑灰飘落在我们头上"，哈奇·巴巴这样描述到。我们的家园遭到了突袭，被敌人所占。他们在屋里待了约摸个把小时，把他们认为值钱的东西都洗劫一空。不过却没有人流血，还好"上帝保佑"，伯奇太太说，因为她、乔还有亲爱的孩子都好好的，没被杀掉也没被吃掉，所有的牛都被赶到岩石丛那边去了。我想我以后再也不会离开家里了——至少近几年——如果我一离开就发生这档子事的话。老汤姆吐出几缕烟雾，我也从乔·伯奇淡定的描述中弄清了整件事的来龙去脉。

第八章 土著警察

我们离家后的第三天，乔跟他妻子正在挤奶场例行每天早上的活儿，突然，伯奇太太朝路的方向看了去，惊呼道："天哪！屋子里全是黑人哪！"她想起自己的孩子还在客厅的摇篮里，就赶紧跑了回去，不顾乔发现敌人后让她呆在原地的命令。

"这怎么行，孩子还在不在？"她问道，"不管在不在，万一我们俩能逃过一劫呢？"

乔眼下也没法给她确切的答案，只得加快步子跟上他情绪冲动的老婆。等到了现场，他们发现进屋抢劫的黑人约摸有二三十人。那些黑人在门口进进出出，互相传递着屋里的食品和一切他们感兴趣的东西。伯奇太太，根据她自己的描述，先"摸进了那间大屋，我一眼就看到我那宝贝儿在地上，摇篮被翻了过来把他给盖在了下面。幸好没把他给憋坏！我蹑手蹑脚地贴近那些黑人，不过谁也没有发现我。等我出来，我只看见汤米那个小坏蛋正从牛奶棚出来，手里拿着些东西。我放下孩子，抓起盛奶的锡盘，倒掉上面的肉块，然后一下子敲到他头上。他像一只公鸡一样落败下来。我逮住他头发，想把他按倒，可是他太难对付了，又站了起来。我想没哪个人会像这个小东西那么恩将仇报。他以前在那牛奶棚里拿了多少好奶啊，这会儿还领着一帮黑人来抢劫这屋子，没准还会要了乔、宝宝，还有我的命。他就只会干坏事。"

而乔·伯奇讲出来的则是："我悄悄潜进屋里，看到了那婆娘的猴崽子，等她出去了，我气得一把推开她，让她滚回挤奶场去。刚开始她还不去，我装作要打她的样子，气得不得了。那黑鬼子们仿佛看到了好戏，我看到他们都咧着嘴在笑，一群人还在嘀嘀咕咕什么。我看到他们把所有能找到的茶叶、糖和面粉都搬走了。我看出他们没打算要我或是她的命。他们好像心情不错，不过我很清楚，要是他们发现一点风吹草动马上就会性情大变。有个家伙拿了我的双管枪，是上了膛的。他好像不怎么会使枪，这真是万幸啊。他拿枪对准我，扣动了扳机。击锤打开了，不过雷管没上——我头晚把它们给拆下来了。看到那枪开不了火，他说道：'不行，不行，'笑着把它递给了另一个人，那人将它像拎拨火棒一样拎在手里。我看他们好像只是白天出来偷东西，我想还是不要跟他们交手为好，否则他们很可能把我们给吃了。所以我帮他们找到他们想要的，然后和和气气地把他们给送走了。不一会儿，我的婆娘从挤奶场过来了，看到他们拿走那些东西，她歇斯底里地大叫起来。他们拿了约一英担的糖、半盒茶叶、半包面粉、许多衣物，最糟糕的是，还拿了两三把银汤匙，上面还有我太太的签名，她把那东西看得比什么都贵重。汤米大少爷呢，我还当他在干活呢，也跟他们一道走了。我看到他们全体都往湖那边的岩石丛那边去了。我猜他们晚上会在那里安营扎寨。他们一走远，我就赶紧骑着匹老马赶到邓莫尔去了。我见到了麦克奈特先生，把事情告诉了他，他答应第二天早上就带人跟过去，看看还能不能挽回些什么。

　　第二天早上，太阳才刚升起，他就跟欧文、坎宁安和他们的牧工一道骑着马过来了。他们把马留在我们牧场里，然后我们就一起步行穿过沼泽，朝离我们最近的岩石丛的方向走了去。

除了我，他们都带着枪。麦克奈特和欧文使的步枪，坎宁安跟邓莫尔的牧工两人则用的双管枪。那山路真不好走，走了估摸一两里路我们发现了他们的行踪，路边留着他们丢下的一两件偷走的东西。草长得又深又密，他们踩在草上过去的，就像穿过麦田一样，所以我们能看出他们是走的哪条路。

嗯，又走了大约四五里路后，我们看到了那湖，它左侧有个圆形的小山丘，山丘下面有一小块平地，他们的帐篷就扎在那里。我悄悄靠近他们，看到他们都围着火堆坐着，像老婆子一样闲扯着，隔三差五还笑两声。的确，我心想，再笑把你们脸都给笑歪了。

接着，我又悄悄地撤了回来，把情况告诉他们，然后我们都轻手轻脚地摸了过去，尽量靠近他们但又不会被发现，坎宁安先生本是个勇猛顽强的人，可就是太粗心大意、轻率冒进。他突然碰掉块大石头，那石头顺着岩石落了下来，把他的枪给撞落到了地上，他破口大骂，骂声一里开外都听得到。

营帐里的所有狗崽子——这群畜生都嗅出了白人的气息——开始狂叫起来。黑鬼子们爬了起来，看到我们，他们像一群野鸭子一样跳到湖里去了。我们朝他们扫射了一阵，只是隔得太远，形势也有些慌乱。我也没看到有谁倒下了。反正，他们有的潜入了湖里，有的躲到湖岸边那巨大的玄武岩石头后面去了，有的灰溜溜地逃走了。我们走到他们营地里，只见到一个瞎了眼的土著老女人，身边坐了个小孩。那老婆子眨巴着眼睛，只咧着嘴笑，那模样就像一尊印第安鬼佬的神像——我以前在有个官员家的客厅里看到过。我们正准备动身，一个家伙从石头后头窜了出来，紧接着又跑开了，像是一个半大的黑人小孩。坎宁安朝他开了一枪，没打中。他把枪扔到一边去，像个学童一样地追了上去。他去逮他，就好比柯利牧羊犬要去追捕鸸鹋一样。

我忍不住笑出声来。看那坎宁安先生长得倒是人高马大的，就是腿短了些，他卯足劲儿地追，好像以为分分钟就能抓住他一样。而那个黑人小鬼，却是轻快无比，他像岩袋鼠一样在石缝之间翻上翻下——身轻如燕。麦克奈特担心坎宁安会中了埋伏或出什么事。'坎宁安，坎宁安，快回来！我命你快回来！'可无论怎么喊，坎宁安根本没听见，或者是压根儿不听他的。不过，只一会儿，那黑崽子就从他的眼皮子底下消失不见了，他回来时满脸通红，鞋子都破得不像样子。我们把帐篷仔细搜查了一番，找到大多数可以带回来的东西。他们本打算把面粉、茶叶和糖给处理掉的。很可能他们一夜没睡，就在吃这些东西。我知道，黑人就是那样吃东西的。

不过我们拿回了枪，还有许多别的重要东西，还有我婆娘的银汤匙，她不停地提到它们，我很高兴能找到它们。半小时后，我们就带上所有能带走的东西回家了。我们这趟路程有些远了，能走这么远已经相当不错了。好在我老婆给我们沏了上好的茶，我把马牵过来，几个先生就骑马回去了。先生，据我所知，没什么大的损失。不过你也知道，总比之前的情况要好，对吧？

我不得不对此表示赞同。野蛮人喜怒无常，他们已经不像以前那样喜欢动刀动枪了，不过他们"洗劫"东西倒是很彻底。下次情况可能会更糟。我们决定加强戒备，不会再像上回那样了。

我提笔写了差不多半令[1]大页书写纸的陈情书给总督呈了上去，书中我竭力把我们的处境描述成跟与特库姆塞和马萨索伊特周旋的美洲边境的定居者类似的情况，希望上面能派出一支正规的骑兵来搭救我们。先是从科拉克过来了两名白人骑警，接着又来了支威风凛凛的小分队，人数稍多些，大约由八名土著警察组成。他们全副武装地骑在马上，背带上别着卡宾枪，剑插在鞘里，稳稳地挂着，跟一般骑兵一个模样。这些非正规军的土著骑兵队在这片殖民区很受欢迎。他们也以行动证明了自己在对抗那些黑皮肤的同族人时的雷厉风行的气势。如果没弄错的话，这种看法最初是从维多利亚州传出来的，之后传到了新南威尔士，再传到了昆士兰。H.E.普尔特尼·达纳先生跟他弟弟威廉是主要组织者，也是第一任指挥官。这些兵士们主要是从墨累河对岸招募来的，有时也会从普斯兰岛挑选。他们一般不会被派到附近地区任职。他们依体格和才智选拔，纪律严明，在军营时通过大量竞技运动训练自己，每

※1 令：纸张的一种计数单位，以前以480张为一令，现在以500张为一令，而印刷中的一令为516张。（译注）

每跟犯了事的白人黑人对峙时，也是令对手敬畏三分。

他们一身戎装，腰间别一把卡宾枪，胯下的马儿脚力不错、身形结实，走动起来身上的钢鞘叮当作响。那模样就是霍德森或雅各布的马儿见了，也会自叹不如。士官布库普稍稍走在前面，其余人等都排成一行紧随其后。见我从屋里出来，他对我行了个礼。"先生，我们是达纳先生派来的，会在这个牧场稍作停留。听说黑鬼在这附近很是猖狂。"

黑鬼！这话听来真是悦耳动听。他的表情镇定而傲慢。我客客气气地回答他，说他们近来确实干了不少坏事——刺杀牲口、打家劫舍，不一而足；昨天我们还发现一大群牲口走过的印子，它们在沼泽地被猎杀，就在牧区背面几里远的地方。

"他们是该好好被修理一番了，先生。"布库普漫不经心地说道，然后下令下马。

等他们都站在我面前时，我才有机会仔细打量他们。布库普长相英俊，他身高六尺、肩膀宽阔、体格匀称、英气逼人，一脸络腮胡修剪得整整齐齐。他擅长拳击，我后来听说，他很会摔跤，跟在比赛中打败了弗兰茨·斯图尔特警官（又叫博斯韦尔）的伯利的巴尔弗差不多旗鼓相当。托尔博伊[1]，大概是因为个儿特高才得了这名字吧，比一般人高了好几寸，身板瘦削而结实。亚普顿中等身材，精力充沛，脸庞光洁，高鼻梁，一头浓密的直发，下巴透着些冷酷。当时我觉得他极像美洲印第安人。其他几个我不大记得起来了，不过他们看上去都是英姿飒爽、训练有素。接着他们开始卸下马鞍，收起枪支和随身配件，准备在我指给他们的地方安营扎寨。

当天余下的时间里他们都在做这项准备工作，日暮时分已经搭了好几座结实的小屋了，都背对着海风的方向，他们还从沼泽里采来些草做了个漂漂亮亮的屋顶。

下午时，布库普跟我、乔·伯奇还有老汤姆谈了谈。最后，他表示自己已经掌握了必要的信息，方便以后采取行动。

第二天一大早，这些白人士兵和黑人警察都起身出发了，准备在岩石丛里干上一天，都是走着去的。因为那片崎岖山地里几乎没法骑马，要是把那么漂亮的警马的腿给

---

[1] 托尔博伊（Tallboy），英语中意为高个子。（译注）

弄折了，甚至弄残了，实在是有些不忍。多年后，我的一个仆人经不住一大群肥牛，还有未打烙印的小牛的诱惑，硬是骑着马追了过去。他差不多黄昏时才回来，身下那匹漂亮的母马的马蹄铁已经掉了。他骑着它在山地走了不到一里路，看到马蹄子血淋淋的，他只得弃马步行，在狗儿的帮助下才把牛群给带回来。次日我们回来牵它出去时，可怜的基莱娜已经死掉了，跟布里托马特一样。

于是，稍作部署后，黑人警察便偷偷潜进了沼泽地的芦苇里，想要循着"岩狼"们的踪迹一路探到他们的老窝去。当天清晨下了些雨，天空灰蒙蒙的。他们发现了好几座帐篷，里面都放着好些牛骨，不过土人却不在，这说明他们近期经常住在这里。搜寻距离太远让军队无法用马追踪，"天意如此"，正如戈里先生曾经所说，这也清楚说明接下来会发生些什么事。反正，太阳下山后这队士兵才精疲力竭地回来，一个个都绷着脸，那鞋子破得实在不能再穿了。我没跟着去，也从没打算要去。我知道铁定会流些血，我可不想去亲眼见证，也不想把自己也整成那副模样。争论的问题有些沉重，也亟待解决。我们是要将那些无端生事分子一举歼灭，还是将剩余的牲口从此处迁走，放弃我们已经占领的家园和土地？

　　身为英国人，第二种方案我们办不到。我们唯一能做的就是漂漂亮亮地干上一仗。

　　他们每天都要从我的地盘动身，仔仔细细地搜查一番，有时沿一个方向，有时朝另一个方向。可是传言说他们搜了那么多地方，走了那么远的路，却一个敌人也没看到。布丘帕跟他带的小兵倒是有耐性，也很看得开。闲时，他们会玩玩铁圈——我也有一个，还会摔摔跤、打打拳，猎捕袋鼠和野鸭，这些事都是在白天进行。这时，迎来了入冬的大雨，水漫过了沼泽地。森林被雨浇透了，根本没法骑马。我刚巧要出门几天去贝尔法斯特办些事。等我回来的时候才发现，两方前一天已经正式交过手了，胜负已见分晓。

　　双方开战之时我的人一个也没出去，不过他们从白人士兵口中打听到些消息，布库普几乎什么也没说，只说他们遇到了部族的主力，修理了他们一番，他愿意讲出来的就是这些。

　　那天，他们动身前往了牧区"背面"的一片荒芜的"石楠"地。这里零星散布着些沼泽，上方覆满了灯心草，大部分地方都为茶树丛所环绕。其间有些沙丘，隐约可见长着些木麻黄和山龙眼，不过含羞草、红木，还有澳洲山核桃一簇簇的到处都是。警察们在这里走得好像很慢、很吃力，不过他们一如往常地坚持不懈地搜寻着。突然，一个人停了下来，翻身下了马，他捡起了某样东西，接着低低打了个口哨。整个队伍迅速围拢到他的身边，只见他手中拿着一小块树皮，显然是刚刚才烧过的。大家都没说话，收到布库普的暗号，由亚普顿打头阵，其他黑人士兵都散开队形跟在后面，就像搜捕猎犬一样，睁大双眼一寸一寸地细细查看。不一会儿，他们发现了一棵树，树上用战斧砍了好些新鲜印子，从掏空的木头里找到了些食物。行踪在这里断了。他们又循路耐心地搜查了数小时，然而不断有新的迹象表明一大帮黑人最近经过了那里。突然，亚普顿大叫一声，所有人都抬起头来，全速奔向那一大群野蛮人，出奇不意地对他们进行了突袭，最后他们都躲进了一小片灌木丛里。

马走在湿滑的泥地里不时滑上一跤，走得跌跌撞撞，可是它们的主人拼命地让它们起身，催促它们前行，因为最后一拨黑人消失在了茶树丛里。他们不走运，因为那树丛不大，两旁也比较空旷。

布库普令一人各守一角，他自个儿带了两名士兵冲了进去。尖矛和回旋镖顿时飞射过来，不过这些野人几乎无力对抗比他们装备更为完善的同胞。有个机灵点的飞快地冲了出去，想要跑到最近的芦苇丛里去。托尔博伊离他最近，他一边策马一边抬起枪来，挡住了目标的去路。他举起枪柄狠狠敲在他的头上，再操起他的家伙，开了火，鲜血从丘辟特头上流了下来。接着他又以迅雷不及掩耳之势放了几枪，对方溃不成军，只有几人侥幸逃跑，其他所有有名有姓的部落头子都一一落网，之后军队便掉转马头回家了。这些野蛮人都是被当场抓住的，他们还从最初发现的现场找到刚刚被宰杀的一头母牛和小牛犊。

这就是我听到的故事的梗概。虽然故事不尽准确，不过丘辟特和他带着奇怪面饰的余党从此再也没有露过面，而此后也再没听说有人的牲口被矛所刺杀或被偷走。由此可以推断，这一打击确实奏效。多年后，一个男人向我展示他胸口的弹伤，还声称当时"黑人警察'差点要了他的命'"。他又接着说道，伤口复原后，他受雇于"戈里老头儿"，给他放羊，他对那族长的称呼很不客气，相信那些非法行径终有一天会让他自食恶果。

这大概就是对部落的普遍看法吧！后来，他们也都投降自首了，在牧场主手下帮忙做事，安安稳稳地过日子，牧场主们也乐意帮着他们走上正途。多年后，剩余的部落人士也都聚到了一起，在康达湖的教区接受"开化教育"，该湖位于火山岩地区西缘，湖水清浅，距故事发生地不足二十里。从此，一度活跃于伊莱斯山上的部族黑人和他们的混血子孙过上了平静幸福的生活，这莫不归功于政府。当地一位居民告诉我说，我那个黑人跟班曾在米申住过一阵，最后一次见他时他跟他的家人正坐在一辆轻型马车上。汤米看准了时机，还跟我写过一封亲切的问候信，此后我们联系就密切些了，我会给他写信，他也会给我回信。这就是文明的进程。衷心希望这试验能取得成功，而我本人从不指望会有什么重大结果。

一个下雪的日子，我跟汤米两人一同驾着牛拉的雪橇驶往巴拉腊特，我想他大概找到了更符合他脾性的工作吧，而他的品行也越来越好。

第九章　基尔费拉

在永久性解决了边境劫匪的问题后，我们这些辟荒先行者们就投身到合法的商业活动——牛群饲养中去了。费里港地区很适宜经营这项产业。那时和现在真是有着天壤之别：羊和羊毛竟一点也不值钱。当然，也有一些自认有远见的精明人会在羊毛上下赌注，但最终的收益却不理想。

不幸的是，西边湿润的草场和肥沃的土地成了腐蹄病蔓延的温床。当时，羊儿们都病怏怏的。疾病不仅降低了羊毛产量，甚至还一度出现了赤字。如此一来，牧场便不得不增添人手，来帮忙给羊群敷抹胆矾和丁酸（这是那个年代的治疗方法），剪羊毛的支出也就这样被搭进去了。

后来，"疥疮"爆发——这是个意味着恐惧和憎恶的字眼，是对灾难和损失、对无穷尽的磨难，对上药、包扎、死亡和毁坏的预兆。而牧场里人数不断增加的帮手们，尽管他们乐意帮忙，却敷衍了事，明摆着不信任任何"治疗技术"，还将整个事件——疾病、包扎和敷药——看成是老天爷对"劳苦众生"的刻意惩罚。

当牧场主心急火燎地付出了一切努力来缓解疫情后，若要有一只流浪羊混进脱离队伍的羊群中，或被哪个粗心甚或恶意的牧场帮手再度将这样的羊只带回羊群（这种行为已经不止一次受到人们控诉），那这一年的辛苦就白搭了，得费尽心力和钱财从头再来。

不难想象，在牧场围栏尚未建起来的当时，在那个牧羊人大多出自殖民地最底层劳力的年代，西维多利亚的牧羊主们过着多么寝食难安的日子。

牧羊主的邻居常常会自然而然地成为他们的敌人。一位粗心的牧羊人很可能就成为疫病泛滥的源头，让整个地区遭殃。这种状况一直延续到金矿被发现。当牧羊人们渐渐地从畜牧这个行当里抽身出去，羊群的合并也就不可避免了。疥疮便这样肆无忌惮地在维多利亚蔓延开去。政府以及个人为彻底铲除这一恶疾到底投入了多少资金，简直难以估量——为了避免十倍、数百倍甚至更高的损失，政府以5英镑一头的价格把那些被感染的羊买走，只为将它们割喉后烧掉。

"看吧，星星之火，可以燎原"，用《圣经》中的谚语描述疾病的蔓延再恰当不过了。因为朋友的牧场"管理松散"，绵羊麻风病迅速扩延开去，受此影响，许多富有的牧羊人倾家荡产。也正因为如此，"西部的勇士们"才不愿放弃自由自在的游牧生活，去干牧羊人那种看似注定失败、"慢吞吞"又令人烦心的活计。在一次主要由养牛人参加的聚会上，大伙儿在觥筹交错之际都难免自我炫耀起来，一位远道而来的牧羊前辈则神色沉重地说："你们这些家伙怎么会明白，在过去一两年里，我们那儿过的是什么日子！"当时他刚刚"清理"掉自己的羊群，他的邻居们也一样。他看上去无疑像旱季过后濒临破产的人们曾描述的那样，跟"刚从鬼门关过来"似的。

当我们心怀"生活伟大而光彩"这一信念，还算愉快地度过了那段时日后，养大后的公牛便能卖到2英镑一头了，公牛牛犊也卖到了3英镑一头。当然，你还可以以10

到16先令的价格买到一些猪（最早的时候，人们叫它们的"瘦牛"），并从这样的价格里赚点零头。1845年前后，马尼福尔德家的几位绅士曾以低价从蒂默特的雪莱买回一大群公牛犊。可以想象，他们在布朗碧特和卢拉发了多大一笔财！他们最后以最高价将这些牛出售。但是，这仍然比不上当年某些已小有规模的牧场的收益，它们的产品，已开始贴有"3M"标签。

那时候，我已拥有上千头牛。按当时的说法，我是通过"新手合约"买到它们的——对于一名所持土地多于资本，或者情况相反的拓荒者来说，这是一种便利的合同。当牛的头数增加1/3后，我就可以从卖牛收益中获得10%。我"亲自"将这些牛从德维尔河驱赶来——那一带当时荒无人烟，但也还不至于让人望而生畏。那里当时归库列威斯和坎贝尔先生所有。一个老熟人在镇上帮我完成了准备工作，几天后，我便满怀希望地和3名牲口人一起离开了墨尔本。

我们那时的所到之处现在已难觅其踪。将一半牛留在斯特拉斯博吉后，我们赶着另一半走得不情不愿的牛穿过被森林覆盖的荒僻之地，沿着主峰陡峭的悬崖走下去。

也就是在那个时候，我结识了热心肠的好朋友查尔斯·瑞安，他当时还是个住在布罗肯河边的基尔费拉的快乐单身汉。我们在斯特拉斯博吉的一间异常狭小的棚屋里相识，当时屋子里的光线别提有多昏暗了。在那里留宿的还有乔·西蒙斯先生、索尔特先生和霍尔先生，他们从位于新南威尔士的阿伯克朗比河赶过来，不仅累到虚脱，心情也很低落。我和我的同伴就和他们一起，不得不在那里等牛儿们聚齐。

"和我一起去走走吧，让手下们来召集牛群，你收货就行啦！"查尔斯·瑞安问候的方式就是这么随意（他特有的那种随意），我也就跟着他离开了。

基尔费拉大牧场很适合未成家的单身汉们逗留。当我第一眼看到它时，那鲜明的"戈尔韦"式风格着实让我惊叹。那里的人们热情、好客。客人不止我一个。当我们在里面骑马转悠时，正巧赶上一场铁环比赛，参赛选手们脸上都是一副与世无争的神情。马厩里有一匹英姿飒爽的彼得·芬后代，名叫"蒙德瑞德鲁"。第二天，我还参观了一处三横栏式的栅栏，在那里，杰克·亨特先生当初曾不借缰绳和马鞍，骑着"巴杰"一跃而过。

"我们看他骑着马欢快地走上围场，"我的房主说（他牵来他的马，没拿缰绳），"手里只拿了一根马鞭，所有人都来到走廊上围观。他越过小溪的时候，就像腾空一样，而且一瞬间就来到了三横栏栅栏前。他从那儿——就是这根横栏边——跃过来的时候，坐得那么稳，和在公园的草地上骑马没什么两样，还用双手托着他的帽子呢！""他是怎么让马停下来的？""他从马上跳到了稻草堆上，落地的时候轻巧得像只猫。"我与上面谈到的这位绅士打过几次交道。他曾有个绰号叫"魔鬼杰克"，以马术的技艺来讲，也确实算名至实归。他的侧骑技术也非常棒，却曾因此而触犯了那些为了迎合高雅女士而制定的马术规矩，比如需要佩戴帽子、手套和马鞭等。

而我所认为的基尔费拉"西部狂野运动"的最后一个环节发生在那天晚上。那时，一位赶着马匹前来的克罗先生加入到我们当中，他是"塔利巴什家的三位特伦奇先生"的亲戚，人们都习惯叫他"疯人克罗"。客观地来说，克罗先生看上去确实有点儿古怪。他个子很高，一头金发，身材强壮。之前，他从未在这间宅子里逗留过多长时间。在吹嘘完他的马有多么强健的体质和纯正的血统后，他提议大伙通过划船、摔跤、骑马或是喝酒，甚至和任何一个人打架来赌博。那天晚上的娱乐以他在户外发起、大家自愿参与的比赛结束，比赛类似爱尔兰"挽歌"的表演，通宵达旦。但这场演出让他付出了惨痛代价。原因是，有几位牧场主怒不可遏，认为这个表演贬低了他们的祖国，伤害了他们的情感，于是一齐起身狠狠揍了他（克罗先生）一顿。在基尔费拉度过的那段"萨拉巴[1]式的日子真快乐"。的确，我竟暗自窃喜斯特拉斯博吉的牛群聚集得要比预期要晚。但终究还是到了它们聚齐的那一天，就连头数也已清点完毕。德维尔河的小分队和我的牛儿们混在了一起，黑色的和带斑纹的，黄色的和紫红的，慢吞吞的和活泼好动的，还有老牛和小牛犊，怎么看都是一群十足的"混编队伍"。但那个时候，牛的品种纯正，容易辨识。我告别了那些快乐的朋友和伙伴，踏上了去往费里港的路——这是一段约400英里左右的路程。但有100多个人同行，这段旅程也就不在话下了。现在和当年相

---

[1] 骚塞的长篇叙事诗，《毁灭者萨拉巴》(1810)，年轻的回教徒萨拉巴，深入海底宫殿，杀妖人为父报仇，情节离奇，富有浪漫主义激情。（译注）

比，那里的变化是天翻地覆的！当时，那里没有比奇伍思矿区——卡斯尔梅恩，桑德赫斯特和巴拉腊特还都是"原始森林"，没有人烟，没有吊架和镐，也没有轱辘和斗。是的，我指石英矿区！我还是从詹姆斯欧文那儿头一回听说这个玩意儿的，那时，他正嘲笑邦伯里船长的格兰扁牧场何其荒芜，说他的牛只能吃石英才能长得出肉来了。石英，就是啊！我当时根本不知道它意味着什么，只知道那是一种石头。老天，我哪里知道它会和我的命运交织在一起——和我们所有人的命运交织在一起呢！

天已入秋，当我们穿过幽暗的峡谷，爬过史庄伯吉山[※1]的背阴坡后，路就平坦多了。我们路过七溪的大宅子，很快就到了威廉·福隆先生的宅第。和我们一样，他不知道自己何时能发迹，于是执着于要搬到北方去，也就是朝着大萨尔特布什（盐沼之意）沙漠的方向，去往那个假想中的乐土，永远住到那里去。而那个地方，就像阿拉伯传说中的磁铁山一样，吸引但又毁掉了无数人的性命，

※1　史庄伯吉山区（Strathbogie Ranges）位于墨尔本以北150公里处，是维多利亚中部5个产酒区之一。（译注）

吞噬掉了无数财产！然而，威廉·福隆先生可是"不到长城心不死"的。其实话说回来，如果只要勇敢就能获得财富，牧区那些勇敢的老兵们岂不个个都家缠万贯了。

我们不慌不忙地往前走，来到基尔莫尔。这座繁荣的城市（我想现在那儿的人们也是这么称呼它的）当年不过以它令人兴叹的黑泥深坑闻名。整个城镇只有几块土豆地和必不可少的几间小酒馆。当时在那儿发生了一件令人烦恼的意外，我丢了两匹马。这很可能会扰乱接下来的行程，所以我决定让牛群继续往前走，自己去墨尔本将它们找回来或另外再买几匹。我隐约知道它们的去向，一定是朝上普伦蒂去了。

在金洛赫尤，我邂逅了达尔马霍伊·坎贝尔先生。他现已不在人世。当时他曾开导过我。还有什么比一位老者对年轻人的宽慰更有作用的呢？我亦从未忘记过那些青年时给过我关怀和包容的长辈。作为一名四处闯荡的游牧者，达尔马霍伊·坎贝尔先生给了我许多建议，并承诺给他的一位邻居朋友写信，帮我留意那些掉队的马儿。

随后的行程中，我碰见了要去"橡胶林"牧场的老朋友弗雷德·伯切特，他同样是费里港人。很幸运，当时弗雷德·伯切特也赶着奶牛和小牛犊们沿着这条路往前走——小牛犊们已经精疲力竭——这些牲畜都是他从蒂默特的雪莱先生那里买来的。他的畜群就走在前头，于是他提议我们在凯勒汇合，接下来一起走。这再好不过了。此时的我已将烦闷忘到脑后。"丢失的马"就像"丢失的羊"，就像麦考利说的，丢的时候伤心欲绝，但很快就会雨过天晴。和弗雷德一起度过一晚后，第二天我们就朝墨尔本出发了。

可怜的弗雷德！这是多么善良、和气和风趣的一个人！我们在一起时如此快乐！我一直觉得他在布勒特·哈特和马克·吐温的时代到来之前过世是十分遗憾的。否则他该多醉心于他们特有的幽默露骨的笑话和真切的怜悯之心。弗雷德饱读诗书、学富五车。性情与查尔斯·兰姆[1]最为接近。查尔斯·兰姆的作品中蕴含着欢愉而忧伤的精巧韵律，这曾让他赞赏不已。尽管他的住所距邓莫尔50英里，但也算"邓莫尔人"了。而且，他在邓莫尔经常协助

※1　查尔斯·兰姆（Charles Lamb）：1775年—— 1834年，散文家，代表作：《莎士比亚戏剧故事集》《伊利亚随笔》《英国戏剧诗样本》。（译注）

举办座谈会，广受爱戴。能和他一路同行，真是三生有幸。我像期待一次愉快的野餐一样，开始对此后这段旅程充满了期盼。

我没有找到那些溜走的马儿（后来才找到），却找来了几匹新马加入，并追上了我的牛群，我们抄近道经过深溪、伍德兰兹、凯勒，最后到达J.B.沃森先生的庄园，那时候还没有火车站这种东西。听说伯切特先生的畜群就在前面，于是到利特尔里弗时我便追了上去。伯切特先生是怎样考察那条古怪的水路的呢?在颇有深意地扫视了一番坑坑洼洼的河道和几近完美的野外景致后，他自言自语道："人们管它叫小河，还真有他们的！简直是我见过的最小的一条溪！为什么呢，因为在这儿我们得费好大劲儿才能把烧水壶装满啊！"

会合之后，一切就变得顺利起来。我们精力充足，牛儿们每天踏着轻快的步子赶路。而这样的欢快局面，全得益于我们对它们的"放养"。想到它们已经长途劳累，再继续跋涉一定是心不甘情不愿，所以晚上我们就任由它们在外面舒舒服服地睡上一觉。第二天早上，它们基本上都乖乖地呆在我们的视线之内，大部分躺在地上，不用半个钟头就能再召集到一起。弗雷德早晨总是起不来，所以我俩达成一致，我替他代劳，而他则把那匹独眼短腿马借给我。这匹马的名字叫"掘墓人"，听起来有点像是"山姆·斯利克[1]"的兄长在加拿大下层马市上随意买下的马。"那些法国人头脑都很简单，一点都不懂马。他们的牧师也不许他们靠近马。"这几句话总是挂在弗雷德嘴边。每当"掘墓人"表现得不像弗雷德所期望的那么端庄、优雅时，这话听起来倒是很有道理。那马儿有一个怪习，它会时不时莫名的胆怯，并伴有弓身后跳，大概是由于它视力有问题，这样，它经常会将自己的主人和其他骑手从马背上摔下来。但有一天，刚刚结束与"掘墓人"的对抗后，弗雷德带着一副胜利者的神情回到营地。"这个讨厌的家伙，它能使的招都使过了！"他说，"但还是奈何不了我。就是把我的靴子弄得都是泥。"当我们看到他不只是靴子上有泥，浑身上下都沾满了西部特有的泥巴块

※1 Sam Slick，加拿大托马斯英语作家托马斯·钱德勒·哈利伯顿（Thomas Chandler Haliburton）的小说《钟表商》（1836）中的人物，作者通过美国商人山姆·斯利克之口，嘲讽了加拿大新斯科舍省人的懒散、怠惰、怨天尤人和不求进取，同时，又描写了斯利克的投机取巧和浮夸善辩。此后作者还著有《山姆·斯利克在英国》和《山姆·斯利克名言和实例》（1853）。（译注）

时，便觉得他着实为马术进步又做出了一番贡献。因此，对于骑着"掘墓人"游荡的那些清晨，让我一点都不后悔，这样做无疑也让它在一天中接下来的时间里变得合群许多。

到达利河的前一晚是唯一糟糕的一个晚上。我们所到达的地方，是那里的一片"已出售的土地"。土地买卖，正是旧时代牧场主们没落的原因。在这个地界，我们需整晚看护畜群，并将马牵在手上，这也是我们之前没想到的。

第二天天一亮，我的同伴便认真地问我："罗夫，咱们的手下能打理好牛群。我们去利的小酒馆吃个早餐怎么样？"这可正合我意。前往酒馆的7英里路程中，想象着即将有一顿丰盛的早餐，有满桌的猪排、牛排、鸡蛋和黄油土司等着我们，就开心得像孩子一样。而且，守了一夜，我们早已饥肠辘辘了。弗雷德跟我讲了上次他是如何实现这些"享乐计划"的，为了不放过任何一个享乐机会，那次他还预定了泡澡池，并借走了房东一件干净衬衫。这次，我们的沐浴同样舒心。

几小时后，我们平静而惬意地坐在舒适的客厅里（当时可以说是酒足饭饱），一边读着最新一期的《飞利浦港爱国者》，一边看着牛群排着歪歪扭扭的队伍，走下高崖，穿过山谷又趟过宅子前那条河。于是，我们取回马匹，付过账，一边回味着美食，一边踏上小径走进了平原之中。

第十章　老费里港

众所周知，伯切特先生赶牲口时总不忘在途中找点乐子。有时候，这也会显得有点冒险。有一次，我想应该是他和阿利克·肯普先生吧，两人赶着一批肥牛从"橡胶林"牧场出发，到了与墨尔本咫尺之隔的纳里布纳里布盐水河附近。经过一番商议后，他们决定就让那群安静又疲惫的牛在河畔呆到清晨，认为这样应该没问题。然后，两人就到墨尔本去了，在当地的剧院或是别的什么地方尽情享乐了一晚，第二天一大早赶回来时，发现牛儿们果真都还在那里安睡，纹丝未动。当然，与之相反的情况也有可能发生。当年，那个地区流传着一个令人惶恐的传言：从欧梅瑞拉来的第一批牛在赶去市场的路上走失，大部分至今都下落不明，它们身形近似大象，体态肥硕，见到行人便横冲直撞。

这次，我们准备走"法国人"的路，取道克雷西[※1]，路途可能会有点儿单调，因为到达盐河之前都是平原。但这对于赶着这一大群牲畜的我们来说，也不无好处。我们先到了霍普金斯希尔庄园的的外围牧场，当时那里归塔斯马尼亚州的一位业主所有，并由一位"出生于黄金年代的优雅的苏格兰老绅士"管理着。我们把牛群赶进小围栏，心想它们应该能睡个好觉吧，便自己也安心休息去了。可到了半夜，我们就被牛的低哞声吵醒，才发觉它们已经全部跑出去了。都是那段我们没察觉的滑动围栏惹的祸。尽管我们已经起床，但也于事无补，只得又盖上毯子继续睡。只是，这下再也睡不着了。

"你睡得如何？"早上我问弗雷德。

"咳，"他想了想，回答，"睡是睡了，没睡好。"

在纳里布纳里布[※2]，经由斯科特先生、格雷先生和马

※1　Crécy，法语，地名。（译注）

※2　澳大利亚维多利亚州的莫恩区的一个地名，后改为Nareeb。（译注）

尔先生的允许，我们可以在他们的牧场安营扎寨，以便将牛群分流。我们可以利用围场将它们挑选出来，也可以骑马将它们分波儿。但试了第二种方法后，我们还是决定用围场的办法。那儿也刚好有个宽阔且设备齐整的场地。只是，那些泥——那会儿正是美丽的五六月，大雨总下个不停，让那些有钱的牧场主也不得不从巴拉腊特迁到伯克去。我们穿上最破旧的衣服，拿上木杆，然后毅然向围场走去。日暮之下，我们那副样子一定狼狈得不行！接下来我们忙得不可开交，但工作最终还是完成了。我们的接待者们在牛分群后不久，就在阿德莱德做成了买卖。我们听说过一些他们路上的经历。在穿越遍布甘比尔山西北部的大沼泽时，他们不得不把牧羊犬抱在胸前，骑着马走上好几英里。

我们还没有遇到过如此糟糕的情况。但第二天，我就和弗雷德分道扬镳了，他要去"橡胶林"牧场，那儿离鲁兹山的石头小山非常近，适合放牧，又多荫蔽，是在西部过冬的好去处，我真羡慕他。我却有更远的路要走。当到达我的住地时，我发现它已变成一座孤岛，四周全是水。

这样的天气，每天将牛儿们赶进赶出几乎不可能。

所以，我们把两个牛群都放了出去。只需要在四周适当走动，加以看管，它们就能在新家安逸地呆着了。我记得弗雷德告诉过我，他的牛就是这样散养在"鲁兹山岩"的牧场里。虽然并不是他的牧场，但他也整个冬天都在那里放牧。一直到春天开始召集牲口之前，他都没费多少心思。那里的地没有被圈起来，而且没有谁会因为邻居的几百头牛跑到自己的牧场上而上门兴师问罪。

我们沿着来时的路走回霍普金斯希尔庄园的对面宿营。那时候，这个庄园还只是个村舍，与现在的独幢别墅有些许不同。后来，我记得还去了明加哈（Minjah），牧牛场主约瑟夫·韦尔先生刚从普卢默先生和登特先生手中将其买下。而更早之前，它属于博尔登兄弟。再后来，我们经过斯迈利和奥斯汀，到达坎加通，也就是詹姆斯·道森先生的家。

我们在那里停留了一天，等乔·伯奇与我们碰头。他的到来增加了我们的人手，大大减轻了我的负担和焦虑。接着，我们就去了邓莫尔——这个"像家一样"的地方。第二天，在一个由灌木围起来的大院子里，我们看到了许多待售的小块土地。乔·伯奇已经打定主意要买下它们，计划春天在那里种些土豆。那可真是一片难得的良田！

我一直认为，1846年到掘金时代（1850年在新南威尔士的图罗和1851年在巴拉腊特发现金矿的那两年）的几年，是田园牧歌时代最快乐的一段时光。那时，市场日渐繁荣，所有牲口都能卖个好价钱。劳动力虽说不那么充足，但也能完成日常的工作。草场远未超过荷载量，所以牧场主们都能储存下草粮，顺利应对偶尔出现的干旱。人们经营有序，不曾受到投机的诱惑。殖民地的乡村也一点点发展起来，农牧业齐头并进，没有对抗和冲突，每个行当都得到良好的发展与支持。后来那些簇拥而起的危险势力当时还没出现。牧场主之间没有蓄意的敌对或漠视，更不会恶意侵占土地。不存在敲诈勒索，农民们对坑蒙拐骗行为也是闻所未闻。

一直以来，农用地的份额都由政府勘测和分配。所以，当那些土地依照品质在拍卖中以高价出售后，自然也就只有农民在那里落户了。而牧场主们很少会没钱雇佣必需的劳力及购置房屋、货品和设备，也不用为每英亩草场支付一英镑或更多的费用发愁。一般来说，农民会向牧民出售面粉和饲料，为他们提供所需的劳动力，而且不会像在埃塞克斯或肯特，和牧民邻居你争我夺。

我可以以我个人的经历来证明这两大最早定居的地主间有着友好的关系。费里港的农民主要聚居在两个区域——法纳姆和贝尔法斯特，那里距最近的牧场大概10英里，最远的也不超过50英里。"格兰奇"，也就是现在的"汉密尔顿"，在当时属于一座牧场，直到若干年后，政府才对它进行勘察和分配。

大多数牧场主渐渐发现，从农民那儿购买面粉和土豆要比自己种更划算。以前，我们一般会自己种草和燕麦，但几年后，即便是这些容易培植的庄稼，我们也不再种，而是主要靠费里港供给了。反过来，农民会向我们购买奶牛和用于耕作的公牛牛犊；随着母牛数量增长，如果他们的耕牛误跑进了小牧场，就能在分群的时候被找出来，不用担心走丢。随着需求增长，农业用地进一步扩大。牧民们从未为此抗议过，而且据我所知，他们也不反对土地被那些善良的农民以外的人买走。记忆中，牧民不曾因农民购置土地的问题而心存芥蒂，或将他们告上法庭。

农牧民会共同参加宗族会议和农业博览会，而且值得一提的是，即便是几年后大种植园日益兴盛的态势，也未曾点燃过他们彼此忌恨的火焰，或引发其他纷争。

那个时候人们的薪酬并不高，却也心满意足。和现在相比，他们会积攒下更多的钱，设法购买牲畜，等买下一片无人占领的土地后，就当上牧场主，发家致富。乔·伯奇和他的妻子一年挣30英镑。老汤姆每个星期挣10便士，那时我们搭伙房租、伙食费都从这些收入里出。

在我的记忆中，当时有的老仆人和主人的子女之间有着深厚的感情，这种情谊和信任在那些土生土长在欧洲的人身上更为常见。

至少韦龙古尔特的约翰·考克斯先生是一个向我们诠释主仆间诚挚情谊的典范。考克斯先生家有个叫巴克利的牧羊人，那人在做仆人时攒下了足够的钱，并用这笔钱买下了一小群羊，将它们养在鲁兹山村一角的小牧场里。后来，羊的数量越来越多，足足有14000只。巴克利曾告诉过我和其他人，考克斯先生从一开始就为他提供了不少便利，帮助他让投入获得更多收益，此外，还无微不至地关照他的生活。所以，这位牧羊人决定，要将自己所有的财产赠与考克斯先生的二儿子马斯特·约翰尼，这位少爷那时还只是个十二三岁的翩翩少年。要顺便说一句，巴克利是个单身汉，所以无人继承他的财产。

但就在巴克利去世的前一年，他得到了关于自己妹妹的消息。他到达塔斯马尼亚岛后，就再没有过她的消息。他的这位妹妹早先移民到了美国，尚在人世。巴克利向自己和考克斯先生的一位共同好友征求关于遗产的意见，这位朋友告诉他，考克斯先生最不愿意看到他对自己的至亲视而不见，也不会允许他这么做。"但我还是得给马斯特·约翰尼留下点什么。"巴克利说。老人死后，将自己的大部分财产留给了妹妹，但将其中的1000英镑赠给了年少的约翰·考克斯先生。

不幸的是，考克斯先生当时已一病不起。韦龙古尔特牧场的牛被卖给了大牛贩子穆尼先生，售价十分可观，卖到了5英镑一头！这可是自1851年后，牛价的首次上涨，那个时候，每头牛能卖到3英镑就已经算是高价了。考虑到对自己的健康有好处，考克斯先生急切地想回故乡居住一段时日。但这也无济于事，途中，他去世了。整个地区都为这位高贵正直的乡绅悲痛不已。的确，考克斯先生是这片富饶南国的杰出子民，一位忠诚的友人，一个真正的爱国者。身为地方官，他对贫富一视同仁，以不偏不倚的公正名闻四方。在仆人们中，"考克斯先生说过"这句话足以停息所有的争执，不论其中关乎多大的利益。

多年以后，马斯特·约翰尼加入了德国军队，和另一个弟弟在普法战场上效力。两人都曾在塞班受伤，在那里，一位澳大利亚女性（霍巴特维尔出生的弗朗西丝·考克斯）照料他们到康复，而且她此后一直在医院当护士直至战争结束。

不出所料，这对兄弟后来飞黄腾达，作为澳大利亚人进入了骑兵连。现在，很可能已经成为巴伦和冯·考克斯伯爵，为这个荣耀的家族继续增添光彩。

那年，一个春天的清晨，马斯特·约翰尼骑着马从韦龙古尔特前往斯夸特塞，身旁跟着父亲留下的四只猎狐犬，正要带它们去参加即将在另一个殖民区举行的M.F.H。20多年过去了，我们已经记不起他在那场比赛里取得了什么名次，又分享了什么猎物。

莫因河-费里港

费里港

第十一章　波特兰湾

斯夸特塞湖离海岸大约十公里，距费里港镇和西行三十多公里处的波特兰里程也相仿。我第一次去那儿是为了给亨蒂先生捎一些上好牛肉卖给捕鲸人——那时他们的身影依旧活跃。曼瑟姆的牛肉商当然也不少，但为了一小批肉而长途跋涉实在不值。我货源充足，对旅行和冒险心里也十分期待。

于是，在乔·伯奇答应帮忙料理牧场后，我便带着牛肉，稳稳当当地赶往屠宰场。屠宰场离城镇边缘数里之外，靠近海滩。沿一条横穿沼泽的路行上五六公里，再穿过桉树林，一片被喻为"荒野"的开阔沙地就跃然眼前。如此空地在波特兰近郊和费里港西并不稀奇；的确，波特兰和瓦农奇伟的高地之间有大片此类荒芜的地貌，桉树林交错其中。

荒野上铺满了或白或灰的纯沙。被赭色芦苇层层覆盖的小泻湖荡漾于地表之上；这里虽然不适宜放牧，但却是坚实的马道。好些顶花属植物[1]生长于此，春日里盛开粉色和白色的花朵，艳丽明亮。这平原般广袤的地貌没有杂草侵扰，和无边无际的桉树林对比鲜明。经过几公里的荒野——又复一片森林——我们来到了达洛河，溪流的水道狭窄，但奔腾深远，就像新西兰的河流。这条奇异的溪水由欧梅瑞拉沼泽的某处发源。沼泽在康达湖附近的熔岩地带产生了渗透，并没有明显的出水口，达洛河约莫就是发源于此。

冬夏时节，这欢快的小溪旋舞着涌向大海，溪流的宽度在二十到五十英尺间徘徊，深度很少低于六至十英尺。我们跨过一座溪上的石堤，下方的水流只消一两公里就能与菲茨罗伊河交汇。这是条典型的澳大利亚水路，常

※1 《日升之处》：19世纪作家威廉·金雷克在奥斯曼土耳其等东方国家的旅行文学著作。书名Eothen为希腊文，意为太阳升起的地方。（译注）

常陡然变深。两条溪水都从波特兰附近几公里的沙质海滩发源。水深时有变幻，对旅行者来说，危险不言而喻。许多不幸就发生在"菲茨罗伊河口"，不止一个倒霉鬼因为在浪潮高涨时企图渡河，结果损失惨重。碰到这种情况，非步行者最好骑行或驾车驶入，那样的深度相对较浅；但据说也会有流沙，使马儿和车轮沉陷进去，再加上浪头击打，情况亦会十分不妙。

在到达这段路之前，我站在荒地的高点，大海的全景在此刻尽收眼底。多么壮丽的景观！北方、东方和西方绵延着葱郁的密林；南方，无垠的汪洋翻滚着巨浪。极目远眺，伟岸的南太平洋漫涎至目光穷尽之处，在远方消逝成柔和、朦胧的迷雾。我是否像《日升之处》[1]的作者那般双手合十，大呼"大海！大海！"？我知道自己的确按捺不住。

远处的西北方向，是波特兰宏伟的山崖和海湾。波特兰虽然规模不大，但却是黄金要塞，安格鲁撒克逊人——

---

[1] 《名利场》（Vanity Fair）：20世纪英国现实主义作家萨克雷的代表作，描绘了女主人公利用各种手段，不惜牺牲色相，巴结权贵，只求向上爬的故事，语言幽默、辛辣。（译注）

当年的英国代表、尊贵的殖民者，还有亨蒂家族—就是从那里开始了对澳大利亚的征服之旅。

我有幸与那些绅士相识；活得越久，我越深刻地体会到，作为世界大家庭的一员，真正的英国人汇集了各族的优点。我们是地球上最八面玲珑的种族。与其他扎根的殖民者相比，亨蒂家族正是我这个论断的最好证明。身为开拓者，他们的成就何等辉煌！探险家、水手、捕鲸人、农民、牧场主、商人、政治家（威廉·亨蒂先生是塔斯马尼亚的政务司长）——各行各业都有他们的族人大放异彩。每一位都能充分发挥个性和才华，做出了颇多贡献。

他们不仅体魄健硕，还有顽强的心性，能充分适应与自然的残酷博弈，还能从容应对那时周遭更为凶险的人际往来。不过大多数情况下，拥有强健身躯和意志的他们也不乏真挚和幽默，放松之际亦能全情沉醉在原始的激情中去。

他们在塔斯马尼亚和新家园迅速上手畜牧业，从占领第一块殖民地起，就挑选良种，还引进了最先进的农耕设备。诸如"小约翰""万德雷尔"的纯种马也是由他们引进的。萨福克和林肯家族致力于拉货马的培育，因而提高了耕地的速率。我在曼瑟姆见识了第一匹英国拉车种马——一匹挺拔的枣红色骏马，头部线条优美，前额高耸，四肢光滑强壮。我记得自己曾向一位爱马友人描述过那匹身形高大的良马——它甚至会令时下的一些好马相形见绌，我唯独担心的是，现代赛马出乎寻常的体型面前，拉车马的名誉可能会被比下去。

在我所说的那个时期，爱德华·亨蒂先生住在曼瑟姆——那里是澳大利亚的世外桃源，山谷、低地、小丘绵延起伏、水土丰美、草木茂盛；有宜人的气候、土壤和环境；唯一的缺憾是夏季成熟的大片牧草会因偶至的秋旱自燃，引发草原大火，将一切付之一炬。日后，人们采取了防范措施，配以充足"消防马"的小车时刻为可疑烟柱严阵以待。弗兰克·亨蒂住在美利奴丘陵，这地名绝好地解释了他有多么看重那片澳洲的财富之源。斯蒂芬·亨蒂定居波特兰，那时他已是一名出色的商人。除了治安长官布莱尔先生，就数他在当地最有名望。

波特兰一带阳台敞亮的别墅和悦舒适，从窗口就能饱览峡湾的海景，别处的乡村宅院望尘莫及。精心修剪的花园灌木隔开了熙攘的街道和通向海滩的斜坡，但不会影响视野。如果要赞美那片低地和它的子民，我们可以说没有比那儿更纯真的尘世欢愉。

富足的家庭充满健康、活力与智慧；父母慈祥、子女可爱；人们对朋友、相识、街坊市邻和陌生人给予真切的关切；财富可观、日积月累；亲情质朴流露。但

这一切只是玫瑰上的诗篇——

那里，凋零夺走了爱的花瓣——

夺走了爱的花瓣！

那昔日庇护幸福的欢聚家园，那精力充沛的慈父爱夫，那嬉笑的孩童，那温柔的母亲，他们现在又身处何处？唤起悲伤的回忆在白驹过隙间就卷起了巨大的悲恸，屈服于酷吏般残忍的死神。

尽管波特兰的土地没有费里港和瓦南布尔周围肥沃，但却极具浪漫，自有一番魅力。巍峨的山崖仁立在海滩之上，如画的高山上云集着小镇居民的房屋，俯瞰那宽广的大洋和海湾静谧的水波。我第一次来波特兰时看到的杂草丛生的田地也依稀可见。这犁田曾经谷物收成惨淡，后来经爱德华·亨蒂的妙手，变成丰美的耕地。这的确是至

关重要的技艺，而亨蒂不仅深谙此道，还组装农具，为锡里斯迎来了第一场丰收。那时候，一条车辙满布的泥泞道路连接着港口与瓦农的富饶土地——不管对什么交通工具的车夫都是痛苦的折磨，牛车也不例外。现在，铁轨已经大大减轻了劳顿。从迤逦的丘陵地带到海岸不过数小时而已，相比之下，从汉密尔顿到墨尔本的旅程是如此冗长！

要是英武不朽的冒险家米切尔上校能够回光返照，看看那连片的农庄、碎石子路、火车站、电报还有邮车该有多好！他会怎样回忆当年的情形呢？当年他带着精疲力竭的人马，抵达了波特兰；接着占领亨蒂家族的地好安置一小拨逃犯，然而根本没料到那里竟早有别的拓荒者，面对未来的飞速发展和近乎奇迹的国家兴荣，我们竟如此无力预见！除了亨蒂家的诸位先生，瓦农主要的农场主还有温特一家（乔治、塞缪尔和特雷弗）——他们都是极其聪慧的人；格拉斯戴尔的科德哈姆一家，他们的财富仍然在那里流转；莱恩（和内皮尔山毗邻）的朗和埃尔姆斯；蒙尼韦德（汉密尔顿附近）的艾奇逊·弗伦奇；从塞缪尔·普拉特·温特那里长租下慕兰达的约翰·罗伯逊·诺兰，他后来和斯坦利·凯尔成为伙伴，后者是个定居赛利西亚的退役军官，引进了萨克森美利奴羊，对澳大利亚的前景——美利奴羊产业的巨大利润——颇有远见。再远一些的，还有加隆阿多和甘比尔山的亨特家族（阿利克，杰米和后来的弗兰克，威利），他们同威利·米切尔，伊夫林·斯特尔特以及约翰·梅雷迪思是近邻。最后是查尔斯·麦金农和他的搭档沃森——提到他们"杰里帮"的名号，我怎能不满怀神圣的敬意？真是一群光芒四射的朋友！我提到的所有人在无论出身和教养都是绅士。不难想象，有如此欢乐和睦的社区和富足的邻里，区区几里路我就能畅览风情，收获良朋，感受无限关怀。每逢波特兰和费里港召集各族大会，伙伴们欢聚一堂，纵情享乐，正如老歌里唱的——

为了共同的理想，

我们欢聚佳节，

不醉不罢休。

我们要与奥林匹斯山上众神的盛宴争辉。

除了跨过阿德莱德边境的骑手——甘比尔山位于山的另一端——还有从伊谬山、沃拉比、艾尔希尔顿和布尼昂远道而来的乡绅；他们踏上朝圣之旅，赶赴费里港的盛宴。特拉瓦拉的阿道弗斯·戈德史密斯，里拉雷的威廉·戈特罗，卡恩汉的菲利普·罗素（我能听到是他正命人为那晚骑过的灰色小马包扎腿伤），查利·莱昂、康普顿·费勒斯、阿利克·卡宁厄姆和威尔·赖特。

啊！

我们英勇的队伍呵、

翻山跃岭，漂洋过海。

……

逝者如斯，散落天涯。

…我的阿利亚马!

那些山头的强盗，

扫视伊庇鲁斯峡谷[1]。

也许也不尽然。他们住在山里，俯瞰那蜿蜒的泰晤士河，还有今日的瑟彭泰恩湖，彼时的塞纳河。每每趁河畔的同胞放松警惕之际，他们便强取豪夺，占山为王；在公

※1　伊庇鲁斯峡谷:位于希腊与阿尔巴尼亚交界处。（译注）

众对赛马仍然半信半疑时，他们就已经开始为好马下注。

这样的情感和经历很难找到合适的诗歌描绘。就算是拜伦的挚友兼希腊独立的坚实追随者也难以和那群失落的"世外桃源"的勇士们感同身受。

我们的确应当在那"金矿来袭"前的岁月及时行乐。那样的日子一去不复返。如果说幸福曾经光临过这片尘世的土地，那时我们所体会的正是真正的幸福。人人都满怀着希望、赞许和激情地投身工作——辛勤劳作也有丰厚的回报——人们经营产业，财富年年积累，没有人一夜暴富。墨尔本也没有谁能富可敌国。人人都得驻守家园，料理好自己的一亩三分田。正因为如此，大家都和邻居友好相处，因为人们必须得相互扶持。没有人愿意回到欧洲，卖掉或是"割舍这讨人嫌的殖民地"。不！我们扎根于此，长年累月地生根发芽。所有人都竭尽所能，安居乐业。

在四处竖起围栏的今天，人们对波特兰海湾到吉朗，乃至墨尔本一带满怀好奇。而过去，牧场从来没有被隔离开来——只有马场和牛圈才会如此。牲口人手里负责着数以万计的牲畜——当时叫牲口人（后来改叫骑马牧人），一般会有一名黑人男孩或是白人小鬼给他当帮手。这样的安排能让牧民实现最佳运转，只需些许帮助就能照看两三千口牲畜——畜群不会超过这个数量——如果不这样安排，每一千只或是一千五百只羊就得配备一名牧羊人，一旦人力和照料跟不上，就会损失惨重。

农业和畜牧业都是费里港的支柱产业。瓦南布尔西面的富饶土地被划分成规模适中的农庄，很多人通过考察和拍卖竞相争购，大部分是附近的农民和有意进军农业的小资本家。农产品销路甚好，费里港丰收的小麦和土豆逐渐名声鹊起。而瓦南布尔附近的梅拉伊河畔和费里港与城镇之间的土地也是澳洲最为肥沃的土地。那里土壤深厚丰饶，底层是石灰石，是绝佳的天然排水口。但同时也很脆弱，大雨过后需要尽快耕犁。那里的确是一片无垠的滨海沃土，麦田时时饱饮大海送来的水汽，却鲜少受冻霜侵扰。海岸阵雨为谷物、根茎和牧草维持了土壤的湿度，避免了常常困扰内陆田地和牧场的灾难性干旱。

农民对牧场的虎视眈眈必然导致怨言四起，但却没有人质疑政府的胡作非为。农场主默认了这一事实并且竭力克服困难。拥有高质草场和耕地的人们源源不断地购入附近的土地，扩张牧场规模。鉴于那里无可挑剔的环境和气候，他们相信一定可以超越管理不济的前任租客，从那几千亩地中收获丰富的回报，让牧园不再转手。

实际上，在令人不快的"拍卖日"上，大部分受到威胁的农场主最终还是保住了产业。很多人同情他们，尽量不和这群"气数已尽"的荒地领主竞价。

离费里港最近的农场是阿林加，只有四公里之遥，是里奇先生的产业。那里有一部分可耕地，但也遍布"石坡"和橡树垄，可以种植丰草，却不能作为犁田。

主人曾精心考察过他的农场，小心剔除了诱人的耕地部分。因此，精明的主人以每亩大约二十五先令的价格，在拍卖会上购入了一万二千至四千亩丰腴的草场。那里没有一条横穿的道路，可以用栅栏整个圈围起来。在圈起这块风水宝地后，里奇先生发现自己可以完全不用照料牲口，仅靠年租就能舒坦度日。吉朗的鄂多尔斯先生应该是那里头五年的承包人自此，阿林加成为了一块多产的庄园，在三叶草和黑麦草覆盖的土地上，无论养牛还是养羊都很适合，办农场、租借也一样有利可图。

亚姆布科农场先前是安德鲁·巴克斯特中尉的财产。可这位退伍军官却没能像里奇那般风生水起。不过我看那儿现在的主人苏特先生倒是吃穿用度不愁。他从1854年左右起就住在那里。

"塔罗内牧场"位于费里港以东十至十二公里处，早先由另一名军人张伯伦中尉占领。两位老兵都是极出色的农场主，他们的成功驳斥了高级军官成不了大殖民者的普遍看法。塔罗内牧场有连绵的芦苇荡和沼泽，还有大片石坡和草木欣荣的开阔森林。这片蓄养着两三千头牲畜的土地可谓是牧场典范，膏腴的乡野壮美迷人，西部出产的上好牛犊就被冠以塔罗内牧场的名牌"KB"。这里曾经属于基尔戈和贝纳德先生，但两人因被指控杀害土著人而被吊销了执照。在这之后，塔罗内牧场便归张伯伦先生所有。直到近年，新南威尔士的直属政府还对农场主实施铁腕管理，不让我们享有土地的所有权。刚才提到的塔罗内牧场事件就是其中一桩。塔罗内农场虽然在拍卖会上大受追捧，但一直只作为非农耕用地，保留了草地的完整性。农场在那次令人久久不能平复的"黑色星期四"的旷日大火中损失尤为惨重。其他牧场多少也难逃一劫；但张伯伦先生的圈地和当时的宅邸则是万劫不复。房屋家具尽毁，家眷们险些丧命。在大火发生前，接连数周酷暑难捱，干燥异常。临海阵雨也令人费解地迟迟不来。大难临头的早晨燥热无风极度反常，阴霾的天空苍白昏暗，令人生畏。亲眼所见的人都惊恐地以为世界末日已经到来。整个维多利亚殖民地同时燃起熊熊大火，从西海岸一直烧到澳大利亚山脉。费里港和波特兰的庄园和农场全部被烧毁。连三百公里外上普兰缇河、墨尔本以西一带牧羊人的妻子和儿女也难逃烈火的魔爪。海上的乘客惊恐地望着海岸线上遮天蔽日的滚滚黑云，如同庞贝城被火山岩浆淹没和吞噬时的景象。如雨的灰烬落入到远处靠岸船只的甲板上。

尽管大家对火灾早有心理准备，但总以为不过是次森林火灾，全然没有料到会是场由北至南、铺天卷地的燎原大火。火苗在前一夜疯狂肆虐，正午时分，东北风突然扶摇直上，令炎魔如虎添翼，更加势不可挡。张伯伦先生后来告诉我们，无心劳作的他正躺下阅读《名利场》，对险情浑然不觉。他完全沉浸在贝姬·夏普的奇思妙想中，忘记了周围，但积聚的烟云还是让他警醒起来。

最后，他终于起身。眼见一堵火墙正朝屋子咄咄逼近，他吃了一惊，赶忙拔腿逃命，根本来不及提醒农场工身后的弥天烈火。所有的营救都是徒劳。火焰窜上树梢，熔化了树干和高枝，接着吞噬了前方掉落的零散枝叶。

一刻钟不到的时间，圈地、建筑、设施完备的牧场全部葬身火海。炎酷的热浪让逃离屋里的居民再也没法重返家园。除了一张桌子和一幅画，张伯伦先生的其余家当全部被焚毁。灼热和浓烟让人窒息，目瞪口呆的一家人站在花园里，不时舔舐微张的双唇，不知自己最终能否幸免于难。烧死的野鸟从树上掉落，皮毛尽燃的袋鼠四处蹿跃，牲畜愕然地哀号着向河岸狂奔，一头猛扎进深塘。

邓莫尔的境况要稍微好些。在当地机构的齐心努力下，大火在入侵种牧场前被扑灭；但人类和火焰的角力极为惊险，牧场的大门已被烧毁。麦克奈特先生被抬入室内时已经神智不清。因为与火焰拼死搏斗，他昏迷不醒。如果他冒着生命危险，顶着一百五十多华氏度的高温烈阳，最后倒下，肯定不会是搏命献身的唯一一人。

住在斯夸特塞湖的我们比邻居们要幸运许多。由于牧场前方和周围的湿地起到一定的阻隔作用，大火转道向南，从邓莫尔的后方经过，一路咆哮至肖河北岸附近的荒地和灌木丛。

第十二章　格拉斯米尔

四处都在传说那场毁灭性的灾难，一场大火将农场、牧场、各色房屋，无论是豪门还是寒舍，一律夷为了平地，这里的人们一直铭记在心。不过，比起野火，干旱造成的灾难更甚。旱季来临时，草场和牧场会有一定程度的受损，但不会对畜群造成大规模的伤害。大雨很快就会下下来，至少是在我们这个区。原本烧毁的牧场很快又笼上新翠。张伯伦先生原本背井离乡逃难到了费里港，在那里一直住到塔罗内牧场的房子盖好了才回去。这一年内他一口气卖掉了差不多有一千头牛。

如果当年的政府土地转换机制一直流传至今的话，也就是说，随着用地需求的增长，可以随时处置那些农地——那也不会对牧场的利益造成多大损害，同时也应该能充分满足农场主的合法需求。据有的牧场主称，由于一大批人蜂拥而至，他们主要是在牧区里水草丰沛的地方驻足，将耕地都留给了合法定居者们。牧场主们并未在一昔间遭遇灭顶之灾，而那些未来的农民们也很心满意足。当多做业并存已成定局之时，各行业的生产者们都意识到有必要作出些让步，才能让各方都能称心如意。要是这里整片土地都不设限地任人挑选，那情况就会大不一样了，人们会自由流动到劳动力价值高的地方，设限则得不偿失。

事实上，当时最早的定居者们需要跟各色各样的对手做斗争。这边刚跟一大帮野蛮人干了一仗，那边马上又从哪个角落突然冒出另一伙敌人。我们才刚刚解决完与当地土著的问题，澳洲野狗——一种早期澳洲犬种，又开始滋扰生事。它经常捕食牛犊，时不时还会猎杀马驹，因而我们开始着手对付它。当时的我们还不会用马钱子碱[1]。后来看到倒霉的霍勒斯·威尔斯先生发表的一篇文章，我才

※1 一种极毒的白色晶体碱，来自于马钱子和相关植物，用于毒杀啮齿类动物和其他害虫。（译注）

第一次晓得这玩意儿。当时，他的羊群遭受重创，他无意间发现了这个法子，然后立马在周围的友朋中奔走相告。虽然猎袋鼠犬偶尔也会逮个一两只幼畜，不过多亏有它们的帮助，我们才能将那家伙给清除干净。从对我们有利的方面来看呢，我们对这事没必要太在意。虽然它偶尔也会猎杀牛犊，不过，它在控制袋鼠数量方面功劳不小。要是它灭绝了，我们将会付出更大的代价来应付更强大的对手。

　　冬天里，我们时不时会看到一小群野狗把一头年老的公袋鼠给围住——笨重的袋鼠在松软的地面上跑不快。它们还会捕杀幼崽，那幼崽即便已经断了奶，还是不便单独活动。有一次，我傍晚放牧回来便目睹了这样的一幕。当时天色微暗，依稀还能辨别出周围的事物，突然一只母袋鼠从我面前窜了过去，身后紧跟着一条红毛犬。刚开始我以为后面追的是只猎袋鼠犬，待看分明后才知道是条野狗，于是我便追上去观战。我觉得不可思议，周围没有树木，可"他"竟然能近得了"她"的身，"他"纵身一跃，几乎把"她"扑倒在地。"她"勉强挣脱开来，然后丢下令"她"受伤的负累。按照骑马牧人们的说法，要不是有负累，那狗儿压根儿就看不到"她的行踪"。

常言道：形势所迫，逼不得已。估计当时那头母袋鼠将她可怜的"幼崽"丢出兜里时，脑子里也闪过类似的想法吧。那幼崽结实健康，已经满月。想是它知道自己的处境，于是拼命地跑开，结果我还没来得及出手制止，它就被那"残暴"的野狗捕杀了。距离数码开外，它母亲站起身来，发出一声怪叫，声音里透出些惊恐和愤怒。我夺走了野狗的晚餐，小心翼翼地把它放在一棵树上，这样野狗就够不着了，虽然这样做好像有点不大公道。这样的袋鼠追捕事件后来也屡屡发生，这时常令我想起自己当时是在干预自然法则，而结局如何连我自己也不知道。

格拉斯米尔坐落在费里港东面，我是1843年才来此定居的，当时这里还是博尔登兄弟的产业。梅拉伊河欢快地从此处流淌而过，两岸的石灰岩山坡构成了纯种贝茨短角牛所生活的围场，当年整个澳大利亚只有他们才养有贝茨短角牛。此外，兄弟俩还拥有默朗和穆迪沃拉牧区，是与法里和罗杰先生共有。不过，按照约定，他们到某个时候就得把畜群迁走，想来，这一约定应该是在1844年初开始实施的吧！这几位殖民者敢拼敢闯、声名远播，他们还占据了敏杰，这里后来被称为"博尔登牧羊场"，现在是约瑟夫·韦尔的家业。

这在1843年的时候，在格拉斯米尔上可着实花了一大笔钱。有一天，我和雷夫·约翰 博尔登两人经由"下游的牧场"骑行至此地，一位名叫杰克·凯伊格伦的头发花白的老牧人陪着我们在这里度过了难忘的一晚。当时天已漆黑，听到猎袋鼠犬的叫声我心有几分欣喜，有种到家了的感觉。当时莱缪尔和阿尔米内·博尔登先生也住在这里。

清晨，我才得空在四处随便转悠。那个时候，我刚听到些关于短角牛的闲言碎语，不过我还不至于完全迷惑，只当是长了见识。这里有许多片围场，面积在五十到两百英亩不等，四面是三条横木式围栏，围场里水草丰茂、遮护得当。

后来数年，因为贪图那区区小利，加之那虽经过再三考虑，却仍然一败涂地的尝试——从墨尔本对外输出成桶的咸牛肉，几乎令那模范种畜场分崩离析，让那无比珍贵的短角牛群濒临灭绝，想来不禁令人唏嘘。先前在海德堡时有人介绍我认识了"文夫人"，它是"哈巴克二世"的孙女，还给我介绍了它的宝贝幼崽"小穆苏尔曼"，我有幸在这里又见到了它们，这里虽然不是它们的生长之地，不过这些牧场也配得上它们高贵的血统和身份了。还有头牛儿是"文夫人"和"诺森伯兰公爵"早年生下的一个女儿。这里有外国血统的母牛洛迪和马蒂尔达，还有外国血统的贝茨公牛福东、汤米·贝茨、帕甘和穆罕默德。此外，还有数十头圆头短角母牛，这也许是殖民地上可以见到的品种最纯正的牲畜了吧！

饲养这些珍贵无比的牲畜其实并没费什么心力——虽然，当初从英国买来时已经花了不少钱。一切进行得似乎一帆风顺，将来势必也会大大造福澳大利亚的畜群。可惜，还没等到那一天的到来，整个家业便悉数转手给了马尼福尔德先生——大批的牛群出售给了布朗碧特湖区的约翰和彼得·马尼福尔德先生，里面包括部分公牛；短角牛被已故的托马斯·马尼福尔德先生给买了去，后来这位先生在格拉斯米尔定居下来。在春谷一片景色秀美的天然草地上，生长着大量肥美的小母牛，经过代代优选的"霍沃"（霍登湖种）母牛的后代，还有新南威尔士生长得最好的牛群。

1843年我去了博尔登先生的敏杰牧场的拍卖现场，买主是普卢默和登特公司的普卢默先生。理查德·萨顿先生作为普卢默先生的法律顾问也一道出席，他是英格兰人，刚到此处不久，对殖民地区的投资事务知道得还不多。自然会先讨价还价一番，最后敏杰牧场，连同五十头春谷小母牛和一头小公牛，估计是以母牛5镑每头、公牛50镑每头的价格售出，牧场就这样脱手转卖了。这就是著名的敏杰畜群的由来。格拉斯米尔和春谷作为斯特朗和福斯特先生的家产，最终也被"忍痛割爱"，转手他人。这两地离瓦南布尔集镇太近，故无法逃脱这样的命运。马尼福尔德先生留下部分的牧区，可斯特朗和福斯特先生两人就没那么走运了，他们几乎失去了"圣·玛丽"的全部家产。想必是在1851年的淘金热时售出的吧，几乎是被全盘吞并了。当地牧场尽失的地主中我只记得这一桩。这里的土地格外肥沃，中间也没有夹杂寻常的牧区。

约翰、威廉和亨利·艾伦三兄弟据于图拉姆，霍普金斯的东岸。这里风景如画，地势较高，俯瞰着出口那条源远流长、风景迤逦的溪流。我以为他们会叫它"艾伦河"，不过显然他们并没有那样想。这里虽然景色怡人，却不怎么赚钱。据说，当年只能勉强育肥牲口，他们大概在1841年才来到这里，西边最富饶的土地及周边地区差不多都给先来的人占去了，他们没有别的选择。不过想到后来的人选到的土地更逊，先来的探险者们心里也安慰了几分。

实际上，探险者们的兴趣不在乐土，那不过是劳动应得的回报，而在于要干出一番事业、开创一片天地。他们沉浸在荒野的喜悦中，而往往忽略了迦南的价值。从这个层面来看，艾伦先生所选的这片地是最合适不过的了。

南面，海岸线一直延伸到奥特韦角。这个方向没有别的居民，约翰·艾伦先生在丛林里很是勇敢，常在这片打猎探险。1844年年初的时候我去拜访过他们一回。我觉得那里简直漂亮极了，完全可以过上鲁滨逊·克鲁索那样的生活。这里有断壁残垣，生活着原始居民，遍布着人迹罕至的丛林，简直就是一座孤岛——不知道路会通往哪里，生活在这里的主人无欲无求，尽享莫大的幸福。然而，这份浪漫清静近年来却被一家奶酪场所扰。它的确养活了许多人，可是，人们再也欣赏不到那突兀的岬角——它经受着海浪的拍打，俯瞰着辽阔无边的海洋，再也领略不到两岸芦苇丛生的源远流长的河流，再也见不着向西南方向伸展的小路——通往"迄今为止寥无人迹的荒野"。

与斯夸特塞湖西面交界的一片地被人们称为"圣鲁斯"。这里是澳洲最糟糕的牧场之一,我想,听闻它的名字和"名气",主人会急不可待地一再想要把它脱手吧。这里有少许石灰岩山脊,山上有几块可以通行的平地,其他的便是矮树丛、蕨类、沼泽、长喙桉林和石楠。想来,这里地理位置优越,气候怡人,可谁能想到它内里竟然会这么糟糕。凡与之有干系之人要不是都以破产而告终,因为这里而散尽家财,要不就是有极个别精明些的将其转手卖出才幸免于难。

继我们之后不久,那里便为凯先生所购得。罗伯特·凯先生是亚姆布科人带到这里来的,他只骑了一小段路程,便回到他在洛登的家中,以两三百头牛的价格从那位老实可靠的人手里购得了这块地,然后正式成为这里的主人。

棚屋和院子建好后,牛群赶来了这里,差不多就这样,他们住到了这里。一两年后,凯先生又将这里卖给了德拉沃拉的阿道弗斯·戈德史密斯先生,价钱还算公道,牛群也一并登记在列。戈德史密斯在德拉沃拉养有一群牲口，只是羊群占据了土地，他需要更多地方来安置牲口，于是买下这片令人费解的无用之地作为畜群的立足之地。费里港地区，我觉得名声还不错，周围的牧区也是。戈德史密斯没有想到，一个离塔罗内牧场、扬布坎和邓莫尔如此之近的牧区，竟然会糟糕到这种地步。买卖双方一道骑马看了周遭。当天结束时，凯先生说，"瞧，老兄！我以前见过的牧区没这里一半大。我哪里知道这会是个无底洞。听我句劝，要是你反悔了，这事就这么算了。"

"啊，不！"多利说，"我主意已定，我想它会对我有用的。"

后来，坎宁安以监察人身份来此负责五六百头良种牛的交接事宜，赶了好些时候那些牛才终于来到了圣鲁斯，现在这里到处都可以看到它们的身影。我前面也提到过坎宁安先生，他的精力甚是充沛，不过在圣鲁斯这档子投机生意上却没得到什么甜头。牛群在这里无法育肥，反而变得狂野。无法确保顺利地聚集牛群，结果也总不如人意，因此，这群生活在失控地区的牛群几乎令主人血本无归。

最终戈德史密斯先生也没了耐性，于是将原本珍贵的产业卖给了他以前的一个管家——海特赛尔加勒德先生。

这位绅士陪着戈德史密斯先生一道从英格兰来到此地。据说，著名的"考伯"便是他挑选来的。那匹马儿是特兰帕的幼驹，是"鲸骨"的孙辈，也是所有坐骑中的佼佼者。加勒德先生无论是在英格兰还是在澳大利亚都算得上是马中伯乐，至于他为何要买下这个地方，至今还是个"未解之谜"。可能是条件可以接受，价格也很诱人，然后他认为"不能错过这么好的价钱"。家宅经坎宁安一手改造后，也相当舒适。因此，连同这里的名字一道接手下来。

加勒德老先生为人最是亲切、有趣、头脑精明。他只经营了这里一两年，后来他逮着一个机会"卸下这一包袱"，将其出售给了穆特雷先生和佩顿先生，牛儿卖出后才勉强回本。

穆特雷先生跟卖家一样是个阅历丰富之人，他之前住在附近的牧区，完全能兼顾自己的事务，然而他还是仔仔细细地查看了这里一番。他唯一的说辞是，"淘金时期以后"，待育肥牛每头只值四五镑，他心中自有打算。他的合伙人佩顿先生是位英国人，家境不错、干劲十足、热情洋溢，让人觉得这人在澳大利亚必有一番作为。他朋友把这牧区的种种缺点一五一十地告诉了他，那时物价飞涨，投资只有两三千镑的事情还真不好找。而他急于想要开创一番事业，就一头扎了进去。两人的合伙关系几年后便不欢而散了，穆特雷还算保住些老本，而佩顿却是连本带利赔得一个子儿不剩。

他们将这里又转手给了道蒂先生，他以前在甘比尔山附近拥有一个牧羊场。他已经成了家，不知何故想要在费里港地区住下来。他生活勤俭、为人热心、颇擅骑术，也很会理财。他穷尽了"毕生所学"，不过一年便挫败下来，然后"全身而退"。我还听说些别的买主，但差不多那会儿我就跟那里没什么往来了，也没再关注圣鲁斯的命运。也许，它已经被开垦、排水、植草，每亩分文不赚，然后围上围栏，划分成带，在雨量充沛的西面，它还是能长出很好的牧草。只是它一直算不上是一块福地。

圣鲁斯（牧场）——这一不变的无底洞，它在金钱上的不幸就像是专门为倒霉鬼穆拉德[1]所设置的一般。然而有一个常被叫作"黑人河"的牧场，则与其命运截然不

※1　小说 "Popular Tales: Murad the Unlucky. the Manufacturers. the Contrast. the Grateful Negro. To-Morrow" 里的主人公。（译注）

同，它坐落于欧梅瑞拉东面。顺带提一句，费里港最早的探险者在给河流取名时想象力极为丰富，所以就有了蛇河、早餐河，当然还有深河和沙河。而"黑人河"这片牧场格外出色，跟圣鲁斯"不是一个档次的"。这个育肥场人尽皆知。还有条定理——"没有肥壮的身体，便养不出肥壮的牛马"。而它的所有者威廉·卡迈克尔先生也无疑是这一带最为肥壮之人。

墨尔本回忆录
Old Melbourne Memories

第十三章 育肥宝地

黑人河，即霍顿山，自从声名鹊起肇始，便一直按着它主人所设想的路子在发展，而且也刚好印证了经验丰富的畜牧者的信条——好牧场无需管理，自会给主人带来滚滚财源，而坏牧场即使再怎么管理，也无法控制它的赢亏。

黑人河牧场的情况差不多跟俗话所说的一样。这里生活着大量的牛群，可却算得上是世界上牛群管理得最少的牧场，当然不是指什么红河野牛、奇灵厄姆野牛或是什么博斯野牛。这些牛群每年会集中打两次烙印，几个月也许就能育肥出栏。偶尔能见到个把骑马牧人，多数情况是几个月都见不着人。主人享受着特威德以北的这片土地与生俱来的巨大优势，也因此他完全不必雇用太多工人。而且，这还省了他的"改造"经费。这些草场也证实了一个养牛场实际需要的最低开支究竟是多少。

"我真希望自己是个苏格兰人，罗夫，"有一回弗雷德·伯切特若有所思地对我说道，"那样的话，我就有一片好牧场，再养上个两万头羊。""真的——千真万确，我说的是心里话。就跟这里一样。不过不单单只有羊，现在要弄个羊并不算什么难事，难的是要养好它们。这也是这个国家各牧区间的差别所在。"而现今，这黑人河牧场的主人，可能是因为他拥有非比寻常的粗壮腰围，性子也与"邋遢大王阿瑟尔斯坦"※1如出一辙，所以他什么事也没干。尽管如此，他还是非常走运，无论是财富还是身材都不断膨胀。该地的所有牧民都欣然而至，觉得这里的主人待人处事必定有几分随和大度，而且势必能发现些未烙印的无主或迷途的牲畜，全都长得膘肥体壮，而且黑人河那里牧草丰茂、管理散漫，它们永远不会被赶离这里。我

※1 邋遢大王阿瑟尔斯坦（Athelstane-the-Unready）Sir Walter 斯科特's Ivanhoe中的人物。（译注）

自己聚集过一回畜群，并在那回卖了一大批犍牛给牲口贩子穆尼，他当时正在收购牲口。那群犍牛原本养在我位于魔鬼河的牧场上，经我仔细挑选和思考后，我将它们寄养在了黑人河牧场。牛身上虽没有烙上我牧场的标志，不过在那个纯朴的年代，它们身上原本的花纹差不多也能保它们平安无事。后来，我收到了穆尼先生开具的流通支票，数目相当可观。它们这些原本高大、瘦削的老式悉尼"居民"，以惊人的速度迅速育肥，壮得好比大象。对于交易，牧场主人只说了这么一句："这些畜生长得真好，只是要是其他牛也一起送来到这里就好了。"

这里确实是个放牧的好地方。黑人河丰沛的河水和其他不起眼的沟渠常年为这里的牧口提供充足的水源，因此不必刻意迁移。这片牧区大部分地区是地势开阔、芳草如茵的林地，也有大片"岩石山丘"，还有些许湿地——它们在夏季时分作用会很大。此外，几乎没有一块荒地或无用之地。没有人知道它的边界在哪里，因为没有明显的自然特征加以区分，人们相信它要比一般认为的面积要大得多。它好似也没有其他牧场主常遇到的那些不利因素。名字虽然不雅，可黑人从未在此"做恶"。即便是他们猎杀了几头牲口，也没有人放在心上，而且我相信他们自然而然就会收手。

这种环境下，牲畜自然是"滚肥"。这个牧场上牲畜的销售从来都不是问题。贩子们都愿出高价，一个个争先恐后地抬高价格。就连两岁龄的公牛一般都能脱手，个个膘肥体壮。没人清楚它们是怎么长成的，当时的白人们对此一概不知。几乎不需要买入配种公牛，牛群育种根本不算问题，也基本不会花什么钱。只是在种马上会花些钱，比方说那些珍贵的克莱兹代尔马。有一回，我在路上看到农场主就骑着一匹，英姿飒爽、颇为神气。那马儿高约十七手之宽，通体灰色，显然遗传自其母亲那边。马儿的母亲是老农的珍爱之物。马儿性子好动，步履矫健，托上个十九英石完全没有问题。

除了牛群，牧场上也有羊。由于土地肥沃、草木丰茂，羊群中腐蹄病频发，不过凭着大自然的治愈能力它们便可痊愈。虽然有牧羊人的买卖，疾病的困扰，还有野狗的偷袭，它们却格外慷慨，羊毛长得厚厚实实的，羊群的数量也与日俱增。

卡迈克尔先生很早就拥有了此地，可能是买来的，也可能是"强占"的——后者可能性更大。这种质量的牧场在市场上可遇不可求，不过主人跟我讲，他曾把它放在市面上出售过，而且自己也确信能买个好价钱，然后，把它卖给了杰克·布坎南先生。这位先生是个热情的苏格兰帅小伙，1844年买下了博尔登兄弟的一处牧场，就是莱克牧场。价钱好像是牛3镑每头、羊约10先令每头，牧区近四分之一的面积都育有牲畜。

淘金热"爆发"以后，从霍顿山的肥牛身上赚来的票子越来越多，主人银行户头上的金额也在不断增加，因而他觉得有必要获得产业的私有权。这一事宜也同样毫不费力地达成了。他先修了一座大房子，接着建起了围栏。他买下了上万亩地，使整个牧场完好无缺，而这一切都是靠这牧场所创造的利润来实现的，直到随着加万·达菲的土地法案※1的出台，自由选择的野蛮人开始涌入。后来，卡迈克尔先生退了休，去了城里生活。不过，尽管他的田园

※1 查尔斯.加万.达菲老爵士（1816年—1903年），爱尔兰民族主义者，澳大利亚维多利亚州政治活动家。于1855年由爱尔兰迁来澳大利亚，并创建了当时的维多利亚州政府。执政期间，他实施了土地改革，并颁布了相关的土地法，该法令旨在维护移民利益，并对牧场主的权势加以控制。（译注）

生活结束了，黑人河牧场仍极好地印证了旧时对牧场的观念的正确性，那就是牧场本身才是最重要的，而牲畜、设施、管理、资金等都是其次。

前面部分提到过，原先被约翰·考克斯所占据的鲁兹山牧场，后来让当时的以警司先生为首的政府给收了回去，然互划归该地区的土著居民使用。拉特罗布先生是个仁慈又颇有涵养的人，面对当地种族人数骤降的局面，内心似乎也有几分过意不去。土著保护主义这一概念，究竟是不是他跟那一群号称"黑人保护主义者"的政府官员最初提出来的，我也说不清楚。有个叫鲁滨逊的传教士成功地让塔斯马尼亚岛其他的野蛮人归顺于仁慈的政府。后来，政府拨出一个小岛给他们安身立足，还出资保障他们的营生，不过他们对政府的慷慨大度仍有几分顾忌。表面上看他们今后都会衣食无忧了。可是仍然有些不安分的野蛮人，他们长年骚扰着边远地区的定居者，因为手上握有好些手枪，所以他们比岛上的同族人胆子要大许多。虽然他已经在岛上建立起了家园，只有无边的大海作为边界，可他们不愿住进狭小的屋子里，然后繁衍生息，安身立命。他们的数量不断消减，当族里的最后一位妇女死去，没几年便全部销声匿迹了。日复一日的安逸生活消磨了人的身心。曾经的荒野猎手和勇士们，以如今的体质再也没法穿过那些寥无人迹的树林，潜入林间小湖的湖底深处捕鱼，踏过茂密的草丛，或是穿过

山顶终年积雪的山区附近的原始森林，在这片生养他们的土地上追捕猎物。

这位交际手腕高明的传教士，以自身的几分魄力和机敏在其他部门也很得重用。他飘洋过海来到了维多利亚，如果没弄错的话，还与拉特罗布先生进行过会谈。不论先后事情是否存在因果关系，反正土著保护主义应运而生，考克斯先生作为表率主动交出了一部分家产（现在估计价值约10万镑），用于造福黑人同胞。

这可是一笔不小的损失。在那个年代，一提起鲁兹山，就会让一般牧人垂涎不已。它是这片富饶的育肥区里最富饶的牧场。牧场当中的锥形丘是座死火山，它俯瞰着广袤的火山岩地区和开阔的树木稀疏的树林。火山岩与大片的沼泽相间分布。迷途的或别的牧畜被找到时，骑马牧人们总会说这里的土地养肥了它们。牛羊来到这里之后，几乎不会到处乱跑，好似它们本能地意识到，也确定它们

再不可能找到这样的庇护地，这样美好的草场和这等舒适的栖身之所了。

我记得查尔斯·伯切特有一回说过，在这里放上一千头牛，随便把它们丢在鲁兹山山脚。等秋天再回来这里，它们必定都已长肥，离山丘不过数十里远便能找到，这可是一笔相当合算的买卖。他想了好一会儿，然后若有所思地补充道："我想一般人都会这么干。"

不过，那会儿还不存在与权力机构之间的争端。当时还没有议会，没什么有份量的新闻机构，没有激进的民主主义，最近的改革也只发生在悉尼。所谓：远水救不了近火。因此，考克斯先生携带牲畜和家眷一并迁走了。下一任农场主是沃顿博士，他以土著保护主义者的身份居于此地，将前任主人留下的这片土地收归己用，还带来了自己的妻儿老小。对于那些荒野居民日渐衰败的子孙后代，这一意图是人道的，所作所为也算公正仁慈。不过比起塔斯马尼亚的例子，它所带来的结果却不算好。

同一时期还建起好些保护区。比较著名的一个是在巴拉腊特附近，有一个好像是在威默拉河，还有一个建在墨累河。过了很久，为造福天鹅山附近的博加湖一带，组织了一次摩拉维亚传教活动。遇上流年不利或是别的什么原因，黑人们便会频频造访此地。他们领取到食物和衣物。年纪较小的可以学习读书写字，接受宗教教育，但这些在他们眼里显然漫长乏味，且不堪忍受。他们同所有土著人和很多白人一样，对这千篇一律的生活表示强烈不满，于是他们逐渐脱离出来，去寻找更适合自己的道路，有的成为流浪者，穿梭在树林与荒野之中，有的在附近的牧场找到份仆人或工人的差事。他们有能力赚钱了，恐怕也会时不时饮酒作乐、腐化堕落，跟白人没什么两样。

沃顿博士是位善良和蔼的老先生，一位有修养的英国绅士，在鲁兹山过着平平静静的生活，颇受人爱戴。土著人的反复无常，对他来说想必也算不得什么烦恼。若来，自然欢迎善待他们；若走，亦不会过分哀伤惋惜。过往的所有强迫手段均是失策、荒谬，最后无疾而终。因此，"保护区"的条条框框逐步取消了。博士养有一小群牛，是几头家用奶牛产下的，肥壮得令人羡慕，那牛儿就在庭前犁沟流淌而出的水流边上徜徉。

牧羊人对保护主义制度并不赞成。他们指责部分保护主义者（不包括我提到的老绅士）——因为这些保护主者们告诉黑人，如果白人开枪射杀他们就算谋杀，罪犯将施以绞刑，但如果他们偶然用矛刺了牛或牧人，就只算是判断错误，而不会被判死刑。这可能有些夸大了，由于拓荒者一贯对各类土著居民怀有敌意，这其间难免有几分夸大其辞。

这些组织虽然不算特别有用，但也没有坏处。他们为老弱提供栖身之所，还全心全意地竭力教导年轻人关于基督生死观的大道理。而我也知道，唯有恒久地教人为善才能净化种族。不过我对这个问题很感兴趣，记得曾密切关注过一位颇有才智的先生的经历。他是由莫鲁亚的唐纳德·迈克莱奥德带大的一个混血儿。他身形高大匀称，聪明伶俐、为人可靠，娶了位品行端正的侨民为妻。两人育有二子，在科布科[※1]谋职。在我研究人类学期间，他被蛇咬了。这位可怜人就去世了，我就再没机会继续观察混血人种族的发展过程了。

鲁兹山土著区专注于慈善事业好些年后，政府逐渐意识到，随着土著居民的销声匿迹，其功能也就完结了，

※1　Cobb and Co，公司名。（译注）

相关制度也相应废止。人们本以为应该将牧场的所有权归还给之前的主人，这才算是公平。这会儿还没有人来宣扬自由选择的教义，而"穷人"们还只是这个国家里安分守己、容易知足的个体，不知道自己犯了什么错，也没见识过票选的腥风血雨。土地许可本该重新发放给考克斯和他的遗嘱执行人，也没人想过要去申诉。不过事与愿违，由于经济入不敷出，政府备受指责，因此决定对牧场所有权进行招标。虽然估价很高，可是当时没人想过每年付上个两三百镑的价格来购买牧场牧草权。鲁兹山牧场的价值再高也高不到哪儿去。听到招标结果公布称，图米先生以900镑每年的价格中标，所有人都相当惊讶。这一大笔钱租到手的不过是一片彻头彻尾的荒芜之地。人们以为，对于这位大胆的投资者，它无论如何也不值得。不过，结果证明图米先生对这片牧场的判断得十分精准。他们在附近也有个小牧场，当初也是经过精打细算的。他们在这里养了羊，修建了围栏，大概也因此赚了些钱，因为他们最终买下了大部分的不动产。

第十四章 橡胶林牧场的伯切特

橡胶林牧场是一座很有名气的牧场，其取名颇为讲究。这座牧场靠近马斯顿河河岸的纳里布纳里布，早年曾为查尔斯、亨利和弗雷德·伯切特先生所有。名字是查尔斯定的。他说，因为有"栎树林"（Oaks）"白腊树林"（Ashes）"山毛榉林"（Beeches）一类的老地名，他认为用"橡胶林"来给澳在利亚的这片地命名很合适，然后就一直沿用了下来。我想这地方现在的主人罗斯先生也根本没想过要改名。

查尔斯·伯切特是位一顶一的笑话高手，甚得身边一大帮朋友的欢心。这周围时常流传着"伯切特的最新笑话"。他讲起故事来一本正经、循循善诱、故布疑阵，更平添了故事本身的效果。

橡胶林牧场跟邓莫尔一样都拥有一流的图书馆。这里有个鲁兹山书会，会员需缴纳适量的会费，会员每月定期互相传阅图书，极大地丰富了相当多书友和附近人的精神生活。

查尔斯和弗雷德·伯切特两兄弟都有些耳背。虽然不确定这点小缺陷是不是会让人思考的时候精力更加集中，但可以肯定的是两人讲话都是观点独到、幽默风趣。

有时，查尔斯·伯切特的听力障碍也会造成些误会，就像大家都知道的他跟丛林土匪交手的那一次。据说，有一回，他和一位朋友碰上了两个土匪，有一个手里还有枪。那土匪只冲着他的同伴讲话，因为从他朋友的表情看上去，似乎对他们的话比较在意。

而伯切特先生则一脸探询的神情看着他们。"斯科特，他们想干什么？"他用他洪亮、高亢的嗓音询问道，把每句话的最后一个字咬得很重，"他们想找工作？"

据说当时大家都忍不住大笑出声。不过，当拿枪那人看到他把手放到耳边时就立马将枪抵住他胸口，他才搞清楚状况。

可伯切特依旧一副毫不畏惧、沉着冷静的样子。接着他对那劫匪说道，"嘿，把枪拿开些吧，当心走火。"就连那甚是冷酷无情的老手，听到他这样特别的玩笑话也抵挡不住，于是放下枪敞开肚子笑了起来。不过呢，一码归一码。得了伯切特和他朋友的马和钱后，劫匪就走了。不过伯切特和他朋友的表现倒是很有教养，最糟也不过走十里路。后来他们在事发地不远处找到了马儿，失而复得。

不幸的事发生了，兄弟三人在投资牲畜上面起了分歧。亨利·伯切特惯于精打细算，因此常被查尔斯叫作"我那铁公鸡兄弟"。他算完平均的羊毛产量后——经过仔细计算，事实也证明如此——毅然决定养羊。而查尔斯和弗雷德两人更想养牛。最后，查尔斯卖掉了自己所占的牧场份额和牲畜，出发去墨尔本闯荡。亨利租了匹瘦马一路长途跋涉到了瑞福利纳，然后又回来了，人马都毫发无损。回来后，他便摆出一副某某主义宣扬者的架势，他看了德尼利昆附近的一个地方后，决定将麦兰奴种绵羊放在这里畜养，又在比拉邦以低价买了一个牧场，叫科里，一般羊毛商怕是没怎么听过。他买来了绵羊，把原本在橡胶林牧场上的那些牲口迁走后，就将它们养在那里。他率先在比拉邦的某些河道段筑起了蓄水坝，开启了建造蓄水系统的先河，至今仍被广泛使用。有人可能以为，这是比拉邦很久以前的事了。已故的西尔韦纳斯·丹尼尔先生在德尼利昆很有些权威，德尼利昆后来成为了一个"皇家金库"牧场。关于他的轶事是从费里港来的旅客口中得来的，所以这位绅士虽然人还没到新南威尔士的西北地区，可他的热情好客和亲切和蔼早已经声名远播，在维多利亚殖民地地区广为人知。

亨利·伯切特在买了科里后仍保有他之前在橡胶林牧场所占的部分，可是他想着要集中资金，用来购置费里港的产业，这对他的搭档和他本人来说都有些可惜。因此，橡胶林牧场得出手。我想，这事应该发生在淘金热前一年。至于这片优质、完善的育肥牧场，连同这里的1500头牲口的价格——谁会想到——两镑每头！是啊，橡胶林牧场就是以这么悲哀的价格转手卖给了亨利·戈特罗先生。他以前在奥地利任职，最近才移民过来。他跟里拉雷的威廉·戈特罗是兄弟，也因此有幸得到一个移民过来人的指点。

我们以为戈特罗先生不过是个"戈尔韦汉子"，要不很可能会乘着当时运输业萧条和生活艰难从畜牧场上大捞一笔，但他不是。他长得人高马大，军人气质，一口浓密的胡须，看上去就像位德国贵族一样不怒自威。他身形魁梧，虽擅骑术，却对"挖凿"或牛群之类的事不怎么上心。他费心所做的第一件事就是修建一座敞亮、有着大阳台的砖式别墅，这样不可避免地破坏了原本温暖舒适的石板结构住宅，那老宅曾用作营房和户外办公室，我们曾在那里度过了许多美好的日子。后来，他曾向一位访客打听——那访客是依我们当地习俗，请来帮忙打理羊群聚集事务的——说他想要将自己所得利润转给一位英格兰的朋友，不知是否方便，因为那朋友是这牧场的幕后合伙人之一。

那人心底窃笑，语带挖苦地回答到，"很简单啊。"这事儿我们一周后才听说的，只把它当作是个笑话。不过，事实证明我们都错了，而戈特罗先生才是对的，要办好这事得考虑到各方面的因素，实在是困难重重。这位新主人本就是位有想法、有手段、有教养、有学识之人。他不会花太多精力骑着马儿在牧区四处奔走，那不是他的职责，因为他花钱雇了位合适的牧羊人来替他料理这些事情。他日子过得无忧无虑，偶尔会在忙完一天的事后畅快地大吃一顿。不过，他善于理财，让账户总保有结余。

怡人的西部地区，除了极少出现的坏天气，一年四季皆是风调雨顺，这对于牧草的生长极为有利，也是这位"勇猛的德国骑兵"的运气。不久之后，财富魔法师一挥魔杖，丢出一张王牌。我们这位朋友当初以两镑每头购得的牛，通过牧场的养殖，已经涨到了10镑每头。因此他终究还是将赚得的收益汇给了他的合伙人——每年的数目可不小啊！

特伦纳伦牧场早年为朗和埃尔姆斯先生所有，他们觉得把这里作为牧羊场有利可图，虽然树木稀少、地表荒凉。常驻合伙人埃尔姆斯先生，以每头12先令的价格——在当时算是高价了——将约计后来所养牲口的三分之一，悉数卖给了利的罗素先生，事后证明这一交易真是吃亏了。他用所得的钱买了块看起来更好的地，在格兰奇和欧梅瑞拉之间，我想，对于这桩交易怕是会让他后悔一辈子。新牧场主要是用来养牛的，这里植被茂盛，冬天雨水也不少，因此当时觉得这里极易滋生腐蹄病。牧场东区被称作"莱恩"，不远处便是考克斯先生的韦龙古尔特牧场。这桩交易表明，即使头脑精明、精力充沛，早期牧场主也会时常判断失误。乔治·温德姆·埃尔姆斯卖掉的特伦纳伦牧场，据说现在它已经是巴旺河以西价钱最高的牧羊场之一了。而他后来买的那处牧场，估计一辈子也赚不了几个钱。虽然卖主拥有丰富的经验，敢想敢做，却在管理上碰上了先民们遇到的所有麻烦——不善管理、黑人生事、羊毛低产——虽然他在必要时刻也曾尽过牧羊职责，还曾宿过岗亭。当后来终于苦尽甘来、财运降临，他的改弦易辙却注定毁掉了这一切。不过，生活就是如此。

莱恩牧场和其他牧场条件都很不错，水源充足、绿草如茵，不一而足。可偏有谨小慎微、吹毛求疵的人说它们怎么也比不上特伦纳伦牧场。实际却不然。

本地种牛似乎已经淡出我们视野。其中大部分犍牛怎么养都养不肥。除了宰了来吃，没有任何用处。它们欺压其他牛群，带头惹事生非，却不产生任何经济效益。牧人们通常把它们叫作"怒兽"或"贪鬼"。野牛长相凶猛，性子好动，牛群里经常能看到它们的身影，远道而来一心只要肥牛的买牛人从来不会挑中它们。因为它们的开价太低，很多时候主人也就干脆不卖了，性子温和些的，就由着它们随处吃草、混入牛群。牧场这一两年经营得还不错，但明显无法和特伦纳伦牧场每年的收益相提并论。为此两个合伙人共同商量了一番。而牧场也似乎一分为二。朗先生占有莱恩地区，用于养牛，而埃尔姆斯先生迁到了汉密尔顿镇附近的地区。他在这里建了座新宅子，并将此地改造成了一座牧羊场。

二人合伙期间朗先生去过英格兰不只一次，也因此对殖民地的事宜有些疏于管理。通常，至少以我个人的愚见，但凡有幸目睹过"天下万国荣耀"的牧羊人，几乎无不视澳大利亚为其理想的殖民地。因此，朗先生将莱恩牧场投入市面出售。斯坦利·凯尔上校买下了这座牧场。他是名退役军官，曾在德国法院任职多年，在赛利西亚置有家产。他好像是在那里开始对优质的麦利诺羊产生了兴趣。他曾试着来澳大利亚考察过一番，准备在此投资，他带来了好些优质羊种，后来在他所辖地区大量养殖，甚为普遍。这种羊被送到莱恩后，该区的牧羊人对其却反响平平，他们认为它们羊毛质量还算可以，不过骨架太过纤细。

斯坦利·凯尔上校有苏格兰和爱尔兰血统，为人亲切、举止优雅，对游牧者不表示强烈反对，反而饶有趣味、欣然乐见。他跟戈特罗先生一样，在"淘金潮"前买下了牧场。牧场价格还算合适，在行情走俏的环境下很快便能取得较大收益，因此他很快就尝到了甜头。他在莱恩定居只数月便与周围邻居打成一片，无论是谄媚小人，还是英雄好汉，抑或是见多识广、见解独到的健谈之人，他都乐于结识。他通过诸多事件认准了发展前景，因此决定在此投资，他预言澳大利亚将以惊人的速度发展繁荣。这里的土地、气候、广袤的荒原都令他赞叹不已。说来奇怪，上校曾经的金玉良言如今几乎都已成真。

这位英勇的牧民朋友具备一些养羊的知识。对于依照澳大利亚方式的混牧管理，他跟欧洲大陆的德国牧羊人一样并不擅长，竟然将他珍贵无比的西西利亚羊跟美洲牛放在一起管理。幸好他很明智，跟邻里交好，但凡讨教邻居们都乐意告知。他们先是要他对畜群严格进行筛选，通过精减牲口将牛群里的"流氓"（当时还没有这个词，但是通过社会中类似的替代词在今后看来也算是合法的）尽数剔除干净。就在当时，刚好是在淘金热前，装备齐全的腌肉业开始出现，只是当时才刚刚起步，不算成熟。这句话形容得真是再贴切不过了："畜群精减工作开展的同时，出口牛肉腌制也开始了。"然而那些愚蠢的实用主义者仍旧认为孩子们学习希腊和拉丁文毫无用处。不过话扯远了。后来，一切运作都趋于正常，剔出来的"危险"牛都井然有序地被处理成了牛脂和腌肉。麦克拉肯先生负责管理，而自然是由威廉·拉特利奇来资助。后来，莱恩的流氓牛在这些名人的合力下很快就被清除干净了。

第十五章　劳逸结合

　　船长已经定下了第一次畜群分栏的日子。我很荣幸受邀，负责监督犍牛的分类、挑选，以留下不愁销路的品种，剔除不合格的。我欣然应许，但却有一个小麻烦。前一晚，邓莫尔要举办一场舞会，这是一次万众期待的盛宴，谁也不愿缺席，整个费里港届时将万人空巷。作为忒耳西科瑞※1的忠诚拥护者，笔者当然也不会错过。问题是该如何妥善安排，好让分栏和舞会两不耽误。"梅诺卡岛宛在海中央"※2。莱恩虽位于邓莫尔和汉密尔顿的中间，

※1　忒耳西科瑞（Terpsichore）：希腊神话中掌管歌舞的祭司。（译注）

※2　梅诺卡岛宛在海中央（Minorca lies in the middle sea.）：梅诺卡岛是地中海上的一个小岛，西边为西班牙，东边为意大利，比喻莱恩处于邓莫尔和汉密尔顿的中间位置。（译注）

但再怎么说也相隔二十公里。分栏在日出时分开始——舞会则要持续到天亮。这样的小冲突倒是可以调节，然而，普兰库斯[1]的王国灵魂与肉体已开始枯萎

舞会大获成功，"音乐、月光、爱情、鲜花"一样不少。天已破晓，狂欢者们还意犹未尽；但黎明的柔波刚刚划过天际，我就脱去了礼服，穿起长靴和裤子，骑上我心爱的马驹——名曰"假小子"——以十二里每小时的速度赶往欧梅瑞拉。

夏日的清晨沁人心脾，前一小时的路程十分愉悦；不一会儿，浓浓的困意袭来，我真想就地找棵树睡下，一觉到晌午。但我努力克制住了这股冲动，不到一小时就到了一条小溪边。溪水位于莱恩山下，山顶上的一片红木森林是整个西部最可爱的景色之一。畜牧场就位于远处圆柱般直入蓝天的尘雾下；生灵的喧扰、畜群的躁动在尚未到达那里前就能听到。

那是个甜美、清朗的夏日清晨，我一路骑行，绿林里回荡着牲畜沉沉的低哞，让我不断想起《圣经》里的话，

※1　普兰库斯（Plancus）：指卢修斯·穆那提乌斯·普兰库斯，古罗马将军。（译注）

"让他们受苦的烟向上升腾，永永远远"，此时此刻，它们竟这样契合。我骑到畜牧场时，一群牧马正站在树下。初升的太阳如同火焰一般将东方明静的碧海染成了红色。虽然时辰还早，劳作已经开始。韦龙古尔特的乔·特威斯特和欧梅瑞拉的麦凯已经到达分群的围栏前，牛群已经开始从门栏里走出。担任分栏师的我到达时间刚好，立马投入了这项艰巨且精细的任务，直到中午。半小时午饭过后，可以抽根烟，休息几分钟，然后是漫长、枯燥的炎热午后，辛苦、激情的工作依旧马不停蹄。陌生种和引进种，幼崽和纯色的品种都被区分开来。太阳下山，越来越西沉。一天结束了，我们了干完了很多准备工作。被放开的牲畜鱼贯回到自己的牧场。两百二十头"奔牛节用畜"也安全地待在小场里，等待明早最后被送往奔牛节。牧人就在当地住下，有些人则骑马回家——因为挂念自己的牧场或是担心有牲畜走失；其余的留在那里，等明天再助分栏一臂之力。凯尔热船长切感谢我的尽责，我接受了他的款待。可晚餐还没吃完我就已经昏昏欲睡。在请大伙儿谅解这份疲乏后，我径直上床睡觉。我一定是一觉睡到了天明。

但第二天，我很快就骑上了马，投身之前提到的赶牧。门一开，骑手们蜂拥而出——前一两公里真是风驰电掣！我能看到乔·特威斯特骑着他那匹心爱的牧马——一匹就算任它信步狂奔也不用担心的骏马——他像卡曼奇印第安人那般策马奔腾，与赛马的速度仅差分毫，他抵缰的手放低，马鞭呼呼扬起，那急迫的马儿时而头颅低沉，时而昂首阔步，让谨慎的骑手心悸。这世上还有谁能与他齐头并进，"稳定军心"，载着年轻骑手的英勇无畏，萃取上苍光辉的养分，骄傲地前进？或许是有的。啊，那些幸福的日子！它们何时能再重现？

随着我的笔触，
不断涌起，
那快乐往昔的回忆，
青春不倦的脚步，
踏遍了盛开的花朵。

船长对这片土地倾尽人力和财力，但兴许并非人人都对这以美利奴羊著称的澳洲省份感兴趣。和船长前来的——也确实多亏了船长的保驾护航，有一位奥古斯腾堡亲王，当年他不像现在这般位高权重。这位尊贵的人物显然对澳洲的田园牧歌并不着迷，丝毫不关心美利奴羊群的重量和毛色。是天意让他没有涉足羊毛市场，甚至连连的干旱也奈何不了他。他的英语也不很流利，这成了短处。比起某些最初的爱好，他更喜欢森林荫蔽的墨尔本和俱乐部吸烟室里的独处。他那些狡黠的长辈出于某些目的利用了他的殖民经历，接下来的章节会谈到。

　　大约莱恩辛苦的外省生活显得食用畜30先令每头的价格不够"来劲"。一两年之后，巴拉腊特的矿工就算每头得花上七八镑，还吃得有津有味。这（还有其他一些细枝末节的变化）让人始料未及。羊羔被打上标记，兢兢业业的德国牧羊人给治好它们的西里西亚[1]羊的腐蹄症后（相较来看，澳大利亚牧民的做法不大一样。他们吹着脏兮兮的哨子将羊群从坡上的食槽召集下来，给它们重新烙印，修剪坏死的病蹄。）时间过得飞快，一连串的任务被分配妥当，船长在把牧场委托给一任又一任

---

[1]　西里西亚（Silesian）：中欧地区。（译注）

牧场主后，最终交给了邻近的J.R.诺兰先生，让他做自己的经营伙伴。然后，他就带着他的亲王从巴拿马取道回欧洲——一条当今澳大利亚返乡旅人的常走线路。一队人——我记得还有朗先生和温特先生——险些唐突、沉郁地结束旅途。在穿越查格雷斯河时（名字我不敢肯定，如有异议，可向莱塞普男爵、梅恩·里德船长还有弗雷德里克·博伊尔先生询问），船只突然漏水，几乎毁于一旦，一行人被船夫留在那条宽阔急流的河心沙洲，那里鳄鱼成群结队。河水上涨，情况愈发危急。在千钧一发之际，一小条独木舟从远处的河岸驶来。那印第安划手打着手语解释，最多只能带两人。确实如此，那船就算只载一名乘客也会有很大风险。接下来是一场义正词严的辩论，第一个位置当然毫无例外地属于亲王。大家恳求船长坐上第二个位置。"不，"那英勇的老兵说道，"大千世界还在等待着你们。我已经体验过了，而且经历丰富。听我一言！上船吧，你们中的一位；如果非要我去，我会无地自容。"时间越来越紧迫；沙洲在逐渐缩小。那印第安船夫挥舞双手，鳄鱼大概已经急不可耐，没有闲暇一再礼让了。一个农场主坐进了独木舟，那脆弱的扁舟卷入飞旋的水流。不过小舟最后及时返还，格雷敦的《赫勒尔德报》错失了一则声泪俱下的报道。

除此之外，那次旅途还有别的惊魂经历。朗先生在巴拿马住进了一栋大型公寓，拥挤得像六便士一天的旅馆。他安慰自己只消停留一晚，想以此获得睡神青睐，但却是徒劳。邻铺病人震天的鼾声让人无法入睡。"他得什么病了？"他最后问起旁边的"陌生床友"。"食道炎发烧罢了。"那人回答。我的朋友开始发抖，他知道已经有大批铁路工人被病魔掳走。

"我们之间的床怎么是空的？"他又问道，"今儿早埋了个霍乱病人。你有烟没？"

现在要"逃离"已经太迟。街上也安全不到哪去。不难想象，莱恩的前任主人要是对这阴沉的岁月和脆弱人生的悲惨命运有所预见，会有多希望自己能安然回到那黑森林，回到那畜牧场。当红日将他从危机四伏的平民窟唤醒，夜晚的焦躁结束，他自然害怕会染上致命的霍乱和高烧。

经验老道的诺兰经理在凯尔船长走后开始辛勤"整顿"莱恩。他把达到市场标准的上一批牲口卖掉后，又将牛群补充到农场的最大容载量。金矿的发现无疑会带来利润的爆棚。改革初始的时候，农场盈利最多，与养羊相比，养牛对劳力的需求要少得多。短短几年，合伙经营不仅让他获利丰厚，财产也成倍增长。利用畜牧业的盈利，他还购置了墨尔本附近梅尔顿的一块不动产。牧场里还另外购买、放养了一千头牲畜。以低于黄金的价格买下的莱恩，现在已拥有了三千头牲口，同凯尔船长当年买下时有了翻天覆地的变化。

在那之后，冯·罗赛克男爵取代了凯尔船长。他是个乐呵呵的德国人，蓝眼睛，蓄着漂亮胡子，才把自己唯一的女儿和继承人嫁出去。他慎重考虑后决定卖地。莱恩和梅尔顿的产业在"日后"也被凯和布查特先生挂上了拍卖的标牌。

男爵常常充满激情地用他那英国口音在墨尔本俱乐部提起和弗洛哈克伯爵先生的一笔好买卖。他心肠很好，热情、礼貌，但只要认为别人对他有敌意，绝对会不留情面。"你不觉得那人在讽刺我吗？"他有一回激动地问道；"要是我这么感觉，我肯定立马回击他。"回击没能实现，显然对方对外国友人并无半点不恭。拍卖日到来，当我们从俱乐部出发时，巴伦请他的朋友以一个订好的预留价码竞标，大概每头六镑或五镑十五先令。牧场当时已经"畜"满为患。而且最近又新添置了一批牲口，应该能卖个好价钱。可不知是否由于误导，巴伦报出的起拍价比预期高了五百镑。竞拍异常冷清，在差价上竟僵持了一两分钟，终于一位买家站了出来，抬高了价码。一锤定音，牧场归他所有。巴伦冲向他的朋友，兴奋地握住他的手，"你帮我挣了五百镑，"他说，"但直到最后买卖成了之前，我都是提心吊胆啊！"诺兰先生、船长还有他们的后裔们在莱恩赚了个盆满钵满。当初不足四千英镑买下农场已经盈利近两万镑，这还不算梅尔顿地产后来贡献的收益。又一例殖民地投资者好运和外来者成功的写照，也是开拓者们辛苦劳作的见证。

我不知道莱恩最后一任买家是否还能再续辉煌。随着《达菲法案》[1]的颁布，恐怕牧场的未来只会"凶多吉少"。运气也没有给老场主们过多青睐。乔治·埃尔姆斯

※1 《达菲法案》：指查尔斯·达菲爵士于1862年签署的土地法令，区分了可供移民选择的农耕用地和畜牧用地，一些人认为划分不妥而不满。（译注）

信心满怀地驶向斐济，紧随他的老伙计朗——笑容可掬、彬彬有礼的"艾伦-阿-代尔"的脚步，投身当时掀起的那一股热潮。婆娑的棕榈树下，他们躺下小憩。也许，在这甘美的酣睡里，海浪的呢喃能抚平在荒蛮南国的艰辛回忆，在那里他们渡过青春的英雄岁月。

第十六章 牧场传奇

　　在最新一期《澳大利亚人》上，有一则广告写道：
"为了迎合买主需求，费里港附近沃野千里的坎加通农田
将于近日划分为若干牧场。"岁月竟然带来了如此变迁！
我最早见到那片土地时，那里还叫作"考克斯海费尔牧
场"，当年怎么会想到这场注定的巨变？远在1844年，没
有谁能预见那些零散的售卖广告在多年以后会带来什么。
是它们奠定了那片地区甚至可能是整个殖民地的历史。

　　起初，"那片被称为坎加通的育肥牧场蓄养着上等牛
群，盛产牧马。"接着，"经过圈地、分块，养羊业兴旺
发达，成为墨尔本买家最青睐的羊毛产地。"后来，"坎
加通35000亩（姑且说）的地产一跃成为水土丰美的牧

场。"而现在，最终"那富饶的土地被划成片片农场以吸引买家。"

1844年的秋天，仰仗农场主神奇的魔杖。这些了不起的进步将会席卷那片孤独骑马者凝望着的寥落荒地。一切都仰仗了农场主神奇的魔杖。要是我能够预见未来，一定能看见那俨然村落的景象，阳光下闪闪的湖泊、果园和玉米地，谷仓、马厩、别墅和办公楼，还有那宽敞的羊毛场和先进的洗毛工艺。然而命运女神一如既往的缄默。眼前，唯有无垠的桉树林在静默地摇晃枝叶，一直延伸到天际；四周，尽是"无人问津"的草地——原始、荒芜。我就像第一个涉足于此的居民，注视着那连鸟兽都尚未涉猎的碧色天堂。壮丽庄严的美景足以震慑民主党人，陶醉反资本主义者——令他们对开拓者心生敬畏，无论是心悦诚服还是胸怀痛苦。如此景观在此时此刻真让我才思泉涌。

当我初次来到费里港时，用采矿业术语形容"海费尔牧场"——金矿开发着实丰富了澳洲的词汇，就是"遗弃不用"，几近"报废"。韦龙古尔特的约翰，考克斯先生曾反复考虑将幼年雌畜从畜群中隔离开来，后果可能因为费用高昂而作罢，他撤走了牧民，留下无人租赁照料的棚屋、庭院和畜牧场。现在，那里终于在"整修"后准备出售。我实在想不起来"整修"这个包罗万象的委婉用语是什么时候兴起的，大约是同已婚仆人应聘时亲切地将子女称为"累赘"是同一时期。从岗亭到羊毛棚，从梳毛场到宅邸，它可以一应指代。

不过先把"整修"和"累赘"放在一边，我要继续说说"海费尔牧场"的历史。当时待售的有一间棚屋、一个锯木场和约摸四万亩一流草场的土地使用权——卖多少钱呢？但愿我还能再次听到那样的报价！30镑！这就是当时的价格——人尽皆知。考克斯先生想立马抛售——他在韦龙古尔特拥有成片的土地——根本不在意价钱。我能做的就是去那里参观，或者干脆一举拿下。考克斯先生当时身在塔斯马尼亚岛州，但他还是不忘指点报价，公众的态度也很友好。我决定去看一看。因此我骑上马儿"骷髅"的孙儿克利夫顿，向落日西沉的方向行进。在去塔罗内牧场的路上，我告诉当时在那儿居住的张伯伦先生，自己此行是为了游山玩水。他盛情款待了我。后来我才知道，他得知了我想在附近"置地安顿"的消息。不难想象，那里的畜牧场牲畜稀寥。皇室土地的总督心情一不好，就会大手一挥，将随便哪一座畜牧场的大片好地"赐给"不速来客，不管那儿的居民认为自己苦营多年的领地有多么牢靠。

因此，正如他跟一位邻居日后提起的，他一定要尽地主之谊；这样一来，依我那讲义气天的性和惯常的礼节，我肯定就不会打他（张伯伦先生）畜牧场的主意。有时人们也把这种交际策略笼统地称为"老兵"的行事风格。同别的历史时刻一样，我那主人的军旅生涯让他如鱼得水。于是，那天早晨，本该带着向导离开塔罗内牧场，朝着海费尔牧场方向赶往西澳大利亚的我——田园牧歌式的范德戴肯[1]——却踏上了张伯伦先生口中塔罗内牧场极为宽广的边境地区。

我一路骑行，穿过广袤的塔罗内沼泽。树丛苍郁的两岸线条分明，连天的芦苇悽悽怨怨，野鸭、麻鸦出没其间。向导指向一处，说有一次他骑了匹暴躁的小母驴经过那儿，突然一个黑人从树后跳了出来——是一个穿着体面的丛林居民。焦躁的驴儿猛地停步，接着狠狠地摔了一个

---

[1] 范德戴肯（Vander decken）:传说中的幽灵船"飞翔的荷兰人"中的人物。

趔趄，几乎匍匐在那"印第安土著"的脚下。之前藏在灌木和小丘后的其他人，也现了身，就像罗德里克·都尔[1]的族人一般。向导疑惑地站起来，做好了最坏的打算：近来各个族间的关系的确火药味十足。但既然他在这儿说着故事，那些土著人（显然）没有杀了他。我记不起是什么插曲让他们停的手。

后来，向导又开始向我描绘起那片"乡野地貌"。他告诉我，"只要绕沼泽两三公里，（肯定）不会错过目的的，往东再走上一点，直到碰上一片密林，找到一棵茶树，它会指引你来到干流。我会在放牧母牛的路线上留下标记。最后你就能看到棚屋和牧场了。"然后，声称要去"宰头野兽"的他就自个儿上了路，再也不见了踪影。可前方既没有标记和道路也没有马道和熟识的大路；我在离开塔罗内沼泽后，我走了二十里还没遇上他提过的地标，连玉米地大小的空地都没见着。接下来的一天既冗长又孤单枯燥。有时我确信自己已经到达"畜牧场"了；有时又

※1　罗德里克·都尔（Roderick Dhu）:瓦尔特·司各特叙事体诗歌《湖边夫人》中的主要
　　人物。诗歌描绘了苏格兰特罗萨克森地区高地居民与低地宗族之间的战役。（译注）

觉得自己走过了。我发现那条小溪的确水量不大，但却不知它的尽头在哪里。不时还有水塘。棚屋和院落就坐落在水道旁边，结构都很简朴。整个田野覆盖着两三英寸长的袋鼠草，像大麦田一样稠密。那里无疑牛羊膘肥体壮，可不知怎么，却不能吸引我。用牧民的话说，那里是片"闭塞"的地区——见不着开阔的田野和起伏的高地，完全谈不上浪漫。正如爱德华·迪斯·汤姆森爵士驾驶四马马车，载着查尔斯·菲茨罗伊爵士和芒迪上校——大约就是那个时候——前往卡科尔[1]边的库斌牧场时说的，"目光所及之处皆是桉树。"当晚，我摸索着回到塔罗内牧场，恢复了体力。我告诉我那英勇的政客主人，自己应当往西再走一些。翌日，我和他告别——这无疑也让他松了口气。我们都很尊重彼此。

多年以后，每每谈起那次我给他带来的恐慌，我俩都会哈哈大笑；当我最终在以西不足二十公里的斯夸特塞湖安家立业后，差一点和他敲定了塔罗内牧场五年的租金，

※1　卡科尔（Carcoar）：位于澳大利亚新南威尔士州城市，位于墨尔本东北处方向。（译注）

如果他回到英国，还可以买下牧场。那是在金矿发现前的一两年。畜牧场、畜群（最后交还时数量、年龄和性别都要一致）和田地的租金以当时肥牛的市价计算——奶牛是两磅十先令，肥壮犍牛三镑；买价也一样。要是我和他达成了这笔买卖——我知道那没准是个好机会，我总觉得那位精明的商人邻居肯定会后悔不迭。但最后，我还是以畜牧场牲口过满为由回绝了他，在单纯美好的过去，对手农场养肥一头牛多少得用上十亩地。

不过，尽管在马场附近定居确实不是明智之举，但也决不能轻信第一位主人关于牧场说辞。按他的话，那里肯定没有永久水源。二十公里内的沃土都是他的领地；有意向的牧场主只能到别处安家。同样，假使邓莫尔的人民也对欧梅瑞拉的亨特先生言听计从，他们就不会在邓莫尔安家，将来也就不会有那块比欧梅瑞拉还要兴旺的地产。

阿普林先生要是跟从舆论，相信亚姆布科和塔罗内牧场的畜牧场会吞并周边所有地皮，也不会收下圣基茨岛。勒曼先生倒是像块楔子一样，把自己安插进塔罗内沼泽边缘的塔罗内牧场和坎加通两地之间。尽管他身材矮小瘦削，却把一切经营得有声有色，每年平均放养一千到一千二百多头肥壮牲口，后来都卖给了史密斯先生。那时，我们的好邻居勒曼先生在一条汇入上雅拉的溪水旁养畜放牧。要是我没记错，那里附近的一块沼泽至今还被称为"勒曼沼泽"。

勒曼先生见多识广，对自由政治尤为推崇。当年拉贾·布鲁克为铲除海盗颁布铁腕政策，他满腔正义的愤慨，至今让我记忆犹新。那时我就断言，萨拉瓦克英勇的主人比埃克塞特厅[1]的政客们更通晓政事，多年来，我一直都是这么觉得，而且我的看法也逐渐被肯定。

勒曼先生曾经当过工头，他尽心尽力。手下曾有一名英国农民，此人名叫汤姆·库克，和妻子一起与牧民休分工合作，打理后者照看不及的事物。我挺关注库克家族的。我之前提到的托马斯从移民船上下来后，被我们雇用，成了庄稼汉。托马斯还在海德堡为我们效过力。最早，他不过是个浅头发、白皮肤的农民，我见证了他在殖民地一步步的成长——从挤奶工、钟点工、牧羊人到最后

※1 埃克塞特厅: 位于伦敦河岸街的议会厅，1834年的6月，南澳大利亚公司在那里进行了历时七小时之久的会议，商讨南澳大利亚殖民地的独立问题。（译注）

成为坎加通的牧民。我甚至记得当初前来投奔的他，穿着农夫长罩衫，一副粗鄙的乡下人口气和姿态。后来，当我又在史密斯先生的分栏会上见到他时（我卖给那里蓄养肥畜的商人季布先生的一批新牲口才运往墨尔本，八镑成交，付的是现钱），他已然是时下牧民的打扮了，整洁的靴子配上干净的长裤，双眼紧紧盯着幼畜，还带着殖民者对烈酒、甚至是酒后斗殴的狂热！

但这都不过是闲言碎语，除了这些，库克是一流的工人和最可靠的伙伴。他和他贤惠的妻子支撑起在澳洲土生土长的伊斯特·萨克森一家。夫妻俩大儿子——一个高个儿伙计，经营着自己的团队和事业——在1862年左右，订走了我从斯夸特塞湖发出的第一批羊毛。

库克超凡的适应能力在他为勒曼先生搭建的石屋和奶牛场上也可见一斑。在那片火山地貌的土地上，石块应有尽有。他的一大功劳就是垒好了单身汉雅居式的石墙，石墙足有两英寸厚——冬暖夏凉，比起普通石板建筑，有很大改进。

我决定不购入考克斯先生的母牛场。那时我碰巧待在格拉斯米尔，有天晚上，我在一两公里外的地方遇到两个陌生绅士，两人跟自己的坐骑一样精疲力竭。他们是现居坎伯当的詹姆斯道森和他的朋友兼搭档塞尔比先生。两人后来都成了我的挚友，都曾想去雅拉的牧场赚上一笔。不过后来，他俩效仿勒曼先生，朝那时有口皆碑、草质最佳的西部进军，但结果也不尽如人意。而后不久，他们得知考克斯先生即将返回塔斯马尼亚岛，有一座牧场正待价而沽。道森先生最后花了30镑拿左右拿下了买卖。道森先生和塞尔比先生很快就带着家当来到畜牧场，饲养牲口。我常常怀疑，好咬文嚼字的道森先生早晚会弃用"坎加通"这个土著人取的名字，为畜牧场重新命名。在他到来之前，这种事情还很少发生。随着时间推移，坎加通（牧场）在悉心的经营下慢慢变好，成了地区最赚钱的牧场。道森先生一家对附近居住的黑人关怀备至。我的老朋友容不得半点不公，不过若不是坎加通刚好位于"托利区"以外，也不在"岩间子民"历来活动的区域，局面恐怕不会这么相安无事。再者他的牧场与费里港之间的距离不过二十公里，牧场里的黑人帮工也早已和捕鲸人相处已久。至于费里港的坎贝尔和他嬉皮笑脸的手下们之前是否"教化"过黑人——比如枪毙几个惹事的人物，我就不得而知了。道森先生还设法获取很多宝贵资料。有了这些资料，他新出版了一部关于澳大利亚土著人风俗、语言和宗教习惯的著作。《星期六》和其他主流评论都对该著作评价颇高。

第十七章 英勇骑士

那是在"淘金热"的前几年，一次，我骑马穿过甘比尔山附近的阿德莱德边境，要赶往加隆阿多。加隆阿多是一座牧场，是当时住在那里的阿利克、杰米和弗兰克·亨特三兄弟的财产。他们过着那个年代农场主典型的半劳作、半享乐式生活。殖民地流行的"甘比尔山帮"，正是由这群大部分都已经声名显赫的人组成。伊夫林·斯特尔特住在不远处的康普顿，在我看来，他可谓是牧场主中名副其实的"一表人才"式人物。那一年，是1850年前后，风流倜傥的他气质高贵、体魄强健、热爱冒险，是公认的探险家、开拓者和英勇骑士。作为殖民者领袖，他有着强烈的豪侠气概；他在伙伴中很受欢迎，而且毋庸置疑，女人缘也是极好。

他英武的外貌和他无畏的神采是早期浪漫作家笔下赞颂的 诺曼爵士[1]。我相信，只要命运给予足够青睐，他一定会成就和前者同样的事业。这位年轻的子孙继承了先辈卓越的行事风格，才华横溢。可惜时运不济，他只能带领兄弟和族人远走偏僻的土地和陌生的海域。他和他的族人兄弟强壮刚毅，不惧惊涛骇浪，挑战荒野蛮夷。其中很多人都在现代历史的篇章中闪耀夺目。

作为早期的开荒者和当今的农场主先驱，他曾家财万贯，亦曾穷困潦倒；他曾亲自放牧牲畜，亦曾时时受人打压。尽管伊夫林·斯特尔特一再改变职业和装扮，所有见过他的人还是会从心底认同他是位真正的绅士。

我怀着一个孩童生来对英雄的崇拜仰望着他。有关他的传说更加深了我的敬慕之情。在他身上，勇猛与优雅共存。

近身肉搏武士笑傲群雄，

※1 诺曼爵士：指1066年诺曼人征服英国以后，在英国建立起的封建领主制中的男爵。（译注）

排兵布阵首领睿智尽显。

他是当地无数传奇的主人公。他曾经从桥上跳入汹涌的大河，救起溺水的人；他为遭毒蛇咬伤的牧民吸出毒液；他一箭结果了最凶狠的丛林野人；他是治安长官，是调解员，精通各式武器，既英勇又风流，堪称是现代版的骑士楷模。

威利·米切尔和他截然不同——他最近才来到澳洲——他身形修长，体质孱弱，斯文儒雅，散发着浓郁的艺术气息。在粗野、原始的年代，他是大伙见过的最像纨绔子弟的人物。在亨特家族一员的怂恿下，他远赴澳洲。在我们这群住在林子里的殖民者看来，亨特总是想"打道回府"。他们十分诚恳地告诉他，如果他投资畜牧业，可以得到丰厚的回报，立马过上体面的生活——他欣然同意了。不久前，他在甘比尔区买下了一座不大却富饶的牧场，那里有地下水源，牲畜可从水槽汲水。

后来，他又将牧场转手，从赖特和蒙哥马利那里买下了朗格维立牧场。米切尔在卖掉那块西部最肥美的土地后，再也没能重振旗鼓。但这都是后话了。

我之所以对朗格维立牧场印象深刻，是因为亨利·金斯利[1]曾是米切尔的座上宾，在那里住了近一年。他的不朽佳作《杰弗里·哈姆林》——这长久以来无人超越的澳洲小说巅峰，正是他在朗格维立写下的。你能想象，就在那间舒适、布置考究的小屋客厅里，天赋凛然却颇为不济的作家在早餐后，愉悦地坐在书稿前，而牧场主人正在催促监工，叮嘱他们看好畜群，不过他实际是为午餐开胃。

我喜欢勾勒他们晚间交流的画面，两人都不擅言谈——金斯利要写到一定数量的纸张才愿搁笔，或者用一个章节才讲述完丛林居民来到伽罗普纳的故事；米切尔要么静静地读书，要么给家人写信；老管家在十点时端来酒杯，两人喝上一翁棕榈酒，接着去阳台上吸烟，冬天时则倚着炉火吸，然后就上床睡觉。平静、闲淡的岁月对不甚强健的米切尔和他的天才客人再适宜不过。我甚至揣测，日后回英格兰定居的他们是否会留恋在朗格维立南部度过的年华，是否会怀念那里怡人的气候、淳静的生活和安详的夜暮。作家特地将周围的景观融入作品，真实的场景给

---

[1]　亨利·金斯利（Henry Kingsley）：19世纪英国小说家，毕业于牛津大学，因财务问题远赴墨尔本一带农场游历，之后参与掘金。小说《杰弗里·哈姆林》正是其在朗格维立牧场帮工期间开始构思。（译注）

小说平添许多魅力。比如巴罗那就是离黑森山不远的一处农场，住着巴克利斯一家。而马儿威德灵的名字也来自于斯基普顿平原上依稀可见的一座山头。可以说，米切尔先生这类投资者只要买地，就能赚钱。他当初购入甘比尔山就是如此，那时他对牛群和羊驼的习性一窍不通。后来他又买下朗格维立和那里的两万多只羊，对羊群的喂养和管理也乐得不闻不问；牧场一直运营到金矿大开发；他向来漠不关心，只在墨尔本俱乐部消磨大部分时光。最终，他把那里连同一大批羊卖掉，在赚个了盆满钵满后回了英格兰，然后再也没有回来。

　　一切似乎是运气使然。这里甘美的草场无疑发挥了作用。但我相信，温文尔雅的威廉也很谨慎。但正如对待自己其他的天赋和成就那样，他并没多做解释。他初访费里港是为了一场赛马，和他一起来的还有亨特和斯特尔特。他身跨一匹温顺稳健的棕红母马梅德拉，长腿古怪地拖到地面。然而天底下恐怕再找不出他这样的好人，澳大利亚将对他永存感激，是他向作家伸出慷慨好客之手，让后者把澳洲的野性丛林和英雄儿女第一次完整地呈现在世人面前。

斯凯的查尔斯·麦金农——现在恐怕得叫他老查尔斯了（和他同时代的人不也得接受这头衔吗），同合伙人沃森先生比邻。在我记忆里，他待人极为亲切。"温柔如妇人一般"正是我心中对他性格的最确切评价。顺便提一句，在那个时候，步行去取马匹以及挑水和其他需要帮忙的活全部由黑人女子负责。

在加隆阿多时，我突然发起高烧，我很少生病，那一次异常难捱；只一两个小时病痛就把我彻底击垮。我一阵发抖，一阵灼热，头痛欲裂，恶心难忍。我只得躺下，整夜不得安宁。那时，刚结识没多久的查尔斯·麦金农悉心地照料我。我至今还记得，第二天早上他端来一碗牛肉汤，在这之前我已经整整一天水米未进。

在得知我急需一名黑人童仆时，他给我弄来一个小鬼。那孩子乳臭未干，从温良的老马上都能摔下来（是麦金农借我骑回家的马），四脚朝天地躺在地上，鬼哭狼嚎。可怜的查利·甘比尔！这是他的名字，他有幸承泽墨尔本佩里主教大人洗礼。人们花费心思授他教义。他能熟读《圣经》。可十五岁一过，他便开始堕落，还染上了酗酒的恶习，模仿起有些白人的恶劣行径简直惟妙惟肖。

来自塔斯马尼亚名门望族的约翰·梅雷迪思是甘比尔山下的另一户居民。作为一个高大的澳大利亚人，他赤足就有六尺四高；蓝眼睛，浅胡子，比他那"羸弱"故乡的威尔士祖先可得高出两倍。我是在一年前左右去墨尔本的路上认识他的。他带着一名忠诚家仆和四匹骏马，才从塔斯马尼亚岛踏上澳洲，正要赶往他买下的一座牧场。

那匹至少有十五石[※1]重的高大黑马在他胯下就像小马驹一样！我清楚地记得自己当时对如此优良的骏马的连声惊叹：宽阔的前额，光润的四肢，灵活、强壮、血性，弹跳力惊人，是不可多得的拉货马。换了谁都想拥有这样一件宝物，哪怕出天价。日后的经历的确证明了我关于那匹稀世宝马的判断，相信梅雷迪恩也一定会有所领悟。他那位忠实的奴仆名唤威廉·盖博德，是个脸色铁青的老管家。不过有一次，他跳下了滔天的洪水，奋不顾身地搭救同伴。

※1　石：指英国重量单位英石，一英石合十四磅。（译注）

多年后，这位忠诚的家仆来到我的畜牧场做活，成为众人皆赞的好心人。他得到准许，赊账买下一匹小马。他利用这份信用（还有马匹），跨过边境，直抵甘比尔山。过去没有引渡协议。那是匹四岁的马驹，背上有一道黑色条纹，肩膀浑圆，有骡子的斑点（参看达尔文的理论），跑起来又好又快，我再也没能拿到马匹的钱，真是"心有戚戚也"，这损失不提也罢！有些欠账我不再追究。有时自己欠别人的账也来不及还清！可那匹小马——"智利仔"，与我的爱骑"假小子"同宗——我怎么肯一笔勾销？

我奔走于各个牧场，来来往往，之间的距离需要骑行四到五天。那时，世风纯朴，经过一天的劳顿，没有比农场主的热情款待更令人舒心的。只要辛勤工作，就能享受丰盛的大餐和明快质朴的谈天（乡村的人民远比城里人亲切好客，连对待陌生人也是如此），在阳台上吸完烟后，我坠入甜美的梦乡。翌日，再被舒爽的林间空气唤醒，无论冬夏，都让人神清气爽。苏格兰籍移民罗伯逊老头在瓦农瓦农坐拥一座秀美的牧场。一次，他一语道破游牧旅人争相前来的秘密：

"我才不信你是来看我罗伯逊老头的，"他说道，"夏天你是被水果勾来的，冬天是因为玛丽的果酱。"今日，罗伯逊小姐的果酱和蜜饯在当地闻名遐迩，应季的果园里，各类甘甜的水果压满枝头。

我多希望昔日那些热衷将果树每个低枝都剪修的老好人和骄傲园丁能看一眼旺多韦尔的果园。高大阴翳的苹果树摇曳着悠长的侧枝，缀满膨硕优良的果实。而这些苹果树最值得称道的就是它们从未嫁接或修剪过的枝桠。它们的种子都取自盛满腐烂果实的木桶，来源不同的品种，按老先生的话说，"一粒赛过一粒。"虽然我懂些园艺，可这项成就我并不熟悉，自我饱览和品尝过果实，再经亲手培植果树的园主点拨后，我才有所领悟。

印象中我在希尔盖拜访过艾尔弗雷德·阿登先生，还有格拉斯戴尔已故的约翰·科德哈姆。他的土地何其美丽！整个瓦农（农场）不正是"上苍的精华吗？可能科拉克除外。那草长莺飞的小丘、起伏的山野、葱郁的山坡，以及麦浪滚滚、每亩产粮四十蒲式耳[1]的田地，放在尘世

※1　蒲式耳：英制容量及重量单位，多用于农产品。一蒲式耳约合36升。（译注）

不啻为暴殄天物！扎根在那里的人怎么能不兢兢业业地劳作。但太好的事物并非如意。我比任何人都深知这一点，但我愿意一搏，不惜冒险，哪怕财富岌岌可危引来声声哀叹。

墨尔本回忆录
Old Melbourne Memories

第十八章　海德堡受洗

　　要是我们是在1840年就来到墨尔本，用仅高于底价的拍卖价就能买下王子桥（王子桥）和图拉克[※1]北部之间所有的土地吧，甚至连桑德里奇、圣·基尔达和布赖顿三个地区也几乎可以一并"拿下"。那个时候，殖民者给出的价格极低。丹迪先生根据当时的特别勘察规范以每亩1英镑的价格在布赖顿近郊抢先买下了一块5000亩的地。当然，我们也入手了70亩地（那块地上后来建了图拉克总督的官邸）。但是，我们家中的长辈听到些闲言碎语，说是

※1　图拉克区位于墨尔本市东南部，是墨尔本最著名的富人区，在墨尔本人心中象征着身份。（译注）

这里的土壤不适宜耕种，所以在市区购买了几块普通的土地后，除了分散在墨尔本各处的十几英亩地外，弗林德斯街上紧挨德格里夫一家的地方有2英亩土地，科林斯街到伊丽莎白街的转角旁有半英亩地，还有伯克街上，也有一小块，最终决定到海德堡去建房并永久定居下来。

这片有着浪漫名称的郊区距墨尔本7英里，一条未修整过的土路横卧在肥沃的黑土地上，雨后特别沾脚，活了这么多年，我从没见过比它更黏的土。也许对有的人来说，在离初期殖民地很远的地方（如当年的墨尔本）定居有点多此一举。而且，它不但在交通上耗费时间、开销不小，还会和当时的社会圈子脱节。然而，这些顾虑都不足以抵挡乡下生活的诱惑——一幢乡间别墅，四面良田环绕，傍着清澈的雅拉河，远望巍峨的澳洲阿尔卑斯山（Alps）。然而最吸引人的，还是那动人的乡音，充满希望的预言，还有R.H.布朗先生的户外休闲设施。R.H.布朗先生是当时的社会名流，时髦、高贵，因为他对欧洲之行的所见所闻格外怀念，也因此被人们称为"大陆来的布朗"。

这位感性的投机者也是最精明的土地买卖人，他以个人的名义以及某个悉尼资本家旗下公司的名义买下了整个街区的土地，这片地几乎从德尔宾河一直延伸到郊区，其中包括切尔斯沃思、韦弗利、哈特兰德和莱顿等物业。还有一个地段名为"马尔特拉夫斯"（我还真不确定，他是否将整片街区都命名为"马尔特拉夫斯"），以此表达对管理者的赞美之情，这个人物气质忧郁、富有哲思，是势不可挡的英雄，当时有钱有闲的人都把拥有这些品质的人视为榜样。

他身材颀长、活力四射、衣着讲究、体态谦恭，是名优秀的商人。如果他有空，比如中午和晚上没有饭局，没去野餐，没有临时起意开个舞会或没有其他各种娱乐活动，他不就是一名理财经理吗？是他竭力让海德堡的价值远远超过了最初被买下时的价格。

现在我能想象他正被一群仰慕他的朋友围绕着，其中大多是女性。他站在高处，脚下是雅拉河两岸的草地，说："瞧，尊贵的女士，请看向我所指的方向，你们可看见那清幽的绿谷中像银色丝带般飘过的河流吗？它让我想起了内卡河的点点滴滴，啊！（此处为感叹语气）还让我想起那些场景、朋友、爱人和过往。我想这就是我将永远铭记、难以忘怀的海德堡！远处河岸边的山坡将变成梯田，种上葡萄。还有那儿，你们能看到澳洲的阿尔卑斯山露出的雪山山巅，我能想象哈茨山的雄伟身姿。这就是，即将是，海德堡！查尔斯，再开一些香槟。在这个如此喜庆的日子，我们要郑重地、正式为这片受造物主偏爱的土地命名！"

这差不多就是海德堡命名时的情形，有意思的是，它被售出时的情况也与此类似。毫无疑问，这里的景致堪称一流，土地肥沃、水源丰沛。但是，这只是四十多年前的一件不值得一提的小事了。对于仍持有这里部分土地所有权的首批投资者来说，他们大概会后悔当时错过了套现的好机会吧，现在却迟迟不能回本。

海德堡就这样得到了开发，成了上流社会云集的城郊，也自然而然引来各界名流。乔治布伦瑞克·史密斯上尉曾服役于女王陛下第50军团，他买下了切尔斯沃思。大卫·麦克阿瑟先生紧随其后，然后是韦弗利、哈特兰德、雷夫.约翰·博尔登家族、班尤尔的赫顿先生，还有马丁医生，一个个相继来到这里。

在更远一点的罗桑纳庄园，住着当时的高级法院大法官，其权势不亚于法官威尔斯先生。他几乎大部分时间都用在驾车往返于他的庄园和墨尔本之间，而且冬天只要一下雨，那条路就立即变得泥泞不堪。

在悉尼时，我们就听说过这位不平凡的法律界名人。在当时年轻的我看来，他就是一位天赋异禀、温文尔雅的老绅士。那时我经常跟随他到赫顿先生的庄园及邻近的庄园里狩猎，在雅拉河畔的草场上逮鹌鹑和鸭子。那阵子，已故的阿奇博尔德·索恩先生会常常跟我们一起，他当时从赫顿先生手里租下了班尤尔的一部分。他有一手好枪法。

大法官的枪法不赖，上午的捕猎活动，他一直都表现得极为和蔼可亲、温文尔雅。可是，当他一脱下那身黄褐色的花呢外套，换上法官制服，整个人就像完全变了个人似的。我想再没有比这种情况更让人错愕的了。他不容人反驳、冷酷无情、脾气暴躁，而且令人唯恐避之不及。他跟各类人物针锋相对、还因此被总督停职——这种事也是少有的例外一下是我日记原文的摘录：

1841年8月3日 星期三

今天农场上没什么特别的事情发生，但整个墨尔本因为法官阁下威尔利斯先生而陷入一阵混乱。事情好像是这样，大法官曾说过，谁要是向他递交有当地三名法官签字的去悉尼的指令，谁就会被视为违法。后果自负。今天他接见了卡林顿和伊伯登先生，他们想行使要呈交这样一份指令，被拒后他们当场把指令丢在他面前，结果大法官立刻下令将他们监禁起来。此事备受关注，支持法官和囚犯的人各成一方阵营。有几名绅士当场目睹了大法官受辱的一幕。

关于早期墨尔本生活中这一"高调"的故事，我会在明天的日记中继续讲述。

1841年8月4日 星期四

次日，两位侮辱法官的绅士被带到了地方法官面前进行审判。然而，说来也奇怪，虽然有四五位品行端正的证人发誓说目睹了这一侮辱行为，但这两位知名人士还是被判无罪。不过，法官席上有好些人曾和我们这位大法官结下过梁子。在很多人看来，这次的判决有失公允。我们显然是和脾气暴躁的大法官站在一边的，而且毫无疑问，我们结成了一派坚决对抗他的那些宿敌，还曾在当时的报纸上发表文章对他们进行反击。然而，我们尊敬的大法官，尽管我们对他十分同情，他也获得了其他好友的支持，仍被迫去了悉尼，然后回到英国。这可能是一种迂回策略，但实际上那时他已萌生退意了。

托马斯·威尔斯先生是"卢塞恩"牧场的主人，该地区毗邻爱范顿，位于德尔宾溪畔，名字从未变更过。托马斯·威尔斯先生曾想开间草料厂，于是他在当地率先置下了土地。他的牧场便是因此得名，不过也可能是出于对这一闻名世界的湖泊的纪念。

我觉得海德堡的领主们都有点命途多舛。他们所有人都或多或少经历过一些磨难。在过去三四十年间，除了我们所在的地区，大多数家庭都遭遇过某种不幸。伦敦的船难让一整个家人都陷入悲痛之中，难以摆脱。开朗、善良的乔·赫顿，这位先行者和探险家，班尤尔快乐的乡绅，英年早逝。博尔登家有两个儿子夭折，一个坠马而死，另一个是一名在部队里崭露头角的年轻军官，在印度死于虎口。我们那座珍藏着无尽美好回忆的房子，毁于一名纵火者之手，案犯至今在逃。我们的好朋友、好邻居麦克阿瑟先生，被一棵树倒下砸中，几乎瞬间毙命。史密斯上尉很年轻时就去世了，威尔斯家族长期没人住在卢塞恩，这个庄园也就这样荒废着。

有一天，我听说海德堡要通铁路了。到那时，山坡上会分出一块块工地，而河边的草场，有的会人工进行灌溉，有的建成蔬菜农场和乳品厂。以后澳洲阿尔卑斯山会看得更加清楚。有个从瑞福利纳（要不就是昆士兰）来的牧场主们刚刚将牧场以50万英镑的价格卖给某个财团后，来到这里，他打算仿造一座古城堡，城堡里贮放着大桶大桶的优质白葡萄酒。以后将时常看到葡萄工和快乐农夫的载歌载舞的场景了。如果R. H. 布朗先生本人还在这里的话，他就会看到自己的预言几乎成为了现实，他也将因此而一刻也不愿离开这里去往大陆的乐土了。但是，如果撇开私人感情不说，这个地区确实带给人一种真正的乡村生活的感觉，由于有那条又深又宽的河流流经这里的东面和东北面，受它庇护，这里始终保持着原来的样子。在那条河里溺亡的人可不止一个。显然，对于那些致力于发展种马场和家畜的人来说，海德堡一直是有吸引力的。因此，当布伦瑞克·史密斯上尉将那些血统高贵的牛进口到澳大利亚后，切尔斯沃思就成了纯种短角牛的家园。后来博尔登买下了它们，并将其与格拉斯米尔的畜群放在一起。穆罕默德、年幼的穆苏尔曼、文夫人和它的小马驹安置在雷顿，同时，"瞌睡虫"安置在莫利·摩洛附近，紧挨着其他珍贵品种的蓄群。准确地说，某种程度上，布尔沃·利顿的忠实崇拜者们对海德尔的景色并未夸大其辞。海德尔的确风景如画、气候宜人。比布赖顿和圣·基尔达的沙丘地带凉爽，比图拉克低矮的山区，甚至是后来墨尔本主城区所在的河边草场一带，也更为凉爽，时有凉风从阿尔卑斯吹来，尽管相隔数里，山上的雪依然清晰可见。我们这些人尽管后来成了下科林斯街街上老墨尔本俱乐部的成员，仍经常在晚上花较长的时间骑马来到海德堡，只为了在那儿享受没有蚊子叮咬的优待。

雅拉河岸边的草场，土地厚实、黝黑且肥沃，尤其适合种植果树、谷类和块根类作物。若不考虑远离大都市这点不足，只论土地的品质、近水的便利和地形的多样性，没有哪个地区能和海德堡媲美。铁路、公路交通和城市建设基本都是向北、向南、向西发展，遍及海德堡以外的所有地区。

现在，墨尔本的每一寸可利用土地都被出售了，用于建造房屋。山坡上的房屋鳞次栉比。在这片拥挤的现代景象中，也许，只有得天独厚的海德堡和爱范顿铁路能够将这片未受玷污的土地带到世人面前。河水依旧静静地从脚下流过，这片荫蔽于澳大利亚群山山麓之下的土地则仍然沉沉地安睡着。

墨尔本回忆录
Old Melbourne Memories

海德堡

王子桥（1880）

第十九章　伍德兰兹越野赛[1]

啊！欢乐的时光，

青春的欢乐时光！

名媛们如是唱道。那清亮、圆润的歌咏至今在我耳旁萦绕。哎！那是怎样的光辉岁月！为何再不能昨日重现？当名媛淑女们对我们投送秋波时，我们哪里还会沉湎在那些褪色了的回忆里，并因此错过眼下的美好？而在黎明时分醒来后却发现并非如此。从诗人迷梦的王国中醒来是何等的荣耀，纷扰繁忙的世界正在敞开怀抱。在这魔幻的时刻，骑士欢快地套上马具，登上骏马。他笃定能不辱使

※1　越野赛：指在林间举行的马术障碍赛。（译注）

命，"笑傲沙场"，对摘得胜利果实信心百倍，甚至会有幸赢得美之女王微笑的垂青。

而现在，低沉的苍穹愁云惨淡，敌军的战线步步逼近，愈发密集，肆虐的狂风令人避之不及。骑手不止一次被忠心的随从和真挚的友人从战马的铁蹄下拉起，他的盾牌凹陷，头盔崩裂

面对命运无休止的"召唤"，我们时时要挺身回应。但我们无疑都会勇往直前，挡开挥舞的长矛，抵御出鞘的利剑。无数可靠的战友在身旁倒下；无论筵席与征战，耳畔再不会响起他们欢乐的声息。尽管如此，比起踯躅或退缩，只有前进才是真理。

神祇啊！伍德兰兹的春日清晨是如此美好，甚至自睁眼的那一刻起，我们就满怀兴奋和狂喜地想起，"越野赛"——这普天同庆的奥林匹克盛宴——就要在当天揭幕。这是一场精英的较量，参赛者多半是名声赫赫的人物，亲朋好友和支持者们前来观战，还有可爱可慕的女神们，她们幻化成时下淑女的身姿，见证骑士的英武，为我们的气魄倾倒，为"落马的高贵英雄哭泣"。

阿卡兰·安德森上校——这可怜的人儿是其中的一位

战士，还有四位牧场主：莫尔斯沃思、罗登·格林、埃德蒙·莫尼尔外加这篇回忆录的"傻蛋作者"。最后，还少不了主裁判——当年的他还不是威廉爵士，只是个骑技一流的勤恳律师，事业蒸蒸日上。他曾经拜访过一户人家，来自绿宝石岛[1]的女仆在那次匆忙的访问后已经叫不出他的名字，只记得他是个"乐呵呵的年轻小伙，蓄着漂亮胡须"，兴许这番描述不算有失公允。

我们这支庞大的队伍将在伍德兰兹待上一两周时间。现在谁还会再有闲情参与这样的娱乐？越野赛定在伍德兰兹宅院前的平原上展开，这是常规项目之外广受欢迎的节目，除了标志当天比赛结束的传统舞蹈，还包括其他表演。各界名流纷纷登场，为这场盛宴歌颂献艺。欢乐儒雅且文质彬彬的雷德蒙·巴里在指挥大家合唱《红嘴山鸦和黑鸦》和其他歌曲后，还写出了由小伙子和姑娘们扮演的舞台剧。

在那田园牧歌的年代，伍德兰兹真是人间天堂！过去，人们的营生并不那么艰难。农场主们有时会去牧场巡

※1　绿宝石岛：爱尔兰岛屿。（译注）

视，尤其在剪毛季期间，但大多数时间都待在家里。他们在家时，女主人会倾力将住所打理得舒适愉悦；亲朋好友受邀而至，我也有幸登门拜访。一切都如此井井有条，在那里我们度过了美好的时光。

伍德兰兹在我眼前伸展开来，即将被尘封的"美丽农庄"岁月一幕幕地回放。

那里既不是农场，也不是大型庄园，而是介乎两者之间，比起澳大利亚其他地方，各家各户更贴近英国乡村生活的风味。

在波默罗伊·格林先生决定在维多利亚州安家立业后，他将全家都迁了过去，这种做法现在已经不多见了。他不仅带上了自己的一大群家眷，还捎上了男女仆佣、马匹、车辆、农场工具和装备，简直一样不落，仿佛目的地是他随性挑选的无人荒岛。"爱尔兰捕鸟能手"的后代"罗利·奥莫尔"，"工蜂"孕育的"诺拉·克莱娜"和优雅的"塔里奥尼"都是他的坐骑；还有猎马"皮克维克"，那从不娇惯的戈尔韦赛驹高大强壮，重量和身高都无可超越，套上马具可以拉一整天车或者干一整天农活。大家无不感叹他为新的土地带来了如此一批好马，路费也值了。

汤姆·布兰尼根是一个活跃、刚毅、幽默的爱尔兰小伙，他也在那段时间迁来。他与某个米基·弗里家族的成员长相惊人的相似。马夫出身的他是伍德兰兹殖民早期的模范雇员。还有谦恭、严肃的管家史密斯，我怎么能漏了他。他做事沉稳，连起床的时间都精准严苛，只有在偶尔眨眼的一瞬，才会暴露自己拥有爱尔兰人的血统，而非萨克森支系广袤、百花齐放的子孙。

伍德兰兹离墨尔本只有十三公里，一上午或一下午的愉悦骑乘就能赶到，旅途轻松。从弗莱明顿街离开墨尔本，穿过姆尼池塘，最后踏上平原，你就能看到葱郁的斜坡上平房风格的宅邸，院落被侧翼和屋舍三面环抱，东面朝向森伯里，西面是平原和树林辽阔的远景，远方则是大海。这开阔的地形"空旷荒蛮，裸露于天地"，但却密林满布，不至于落入凄凉。当我身着临时的打猎服、便鞋和其他装备冲向马厩，看着当年的访客约翰·菲茨杰拉德·莱斯利·福斯特借我一用的阿拉伯灰色骏马时，先前的思绪也许会被我抛到九霄云外。骑上那匹勇猛、迅捷的跃篱高手，我就如跃上骏马，去寻找宝藏的凯撒一样。虽然它才刚入草场不久，却已经"全副武装"。我没有担忧它经验不足，而是急切地盼望能翻身上马，挥舞鞭绳，赢得彩头。汤姆·布兰尼根称赞它"弹跳力惊人"，鼓励我相信好运能助我登上胜利的宝座。他告诉我他的兄弟吉姆——一位知名的障碍赛骑手，在一场跨栏质量糟糕的赛事上的趣事。当时，他听见一个乡下人说道，"这些人肯定得摔断脖子，但吉姆·布兰尼根和他那匹老骡子大概能保住一条腿。"这恰如其分的故事让我安了心。我关上门，望向整个马厩——它可真不算小。

我再一次欣赏起"罗利·奥莫尔"，虽然之前已经重复过无数遍。它是一匹俊逸的棕马，品貌卓越，与"首长"在很多地方上非常相似。随后，又看了看其余几头小马的我全情投入于对当天参赛马匹的审视中去了。

这真是一群美妙的组合，它们高昂的状态也让我意识到，除非有"骚乱"意外相助，我获胜的机率十分渺茫。我第一眼注意到的就是那匹优雅的灰色纯种马，它已经装扮停当，披起了战袍，烙上了马蹄。它跃跃欲试，神采奕奕地等待和斯特里普先生一样冷静果断，不会错失良马的骑手驾驭。

接着是一匹强壮的枣红色高头大马，有猎马的风姿。要是在英格兰，它肯定能卖上四百基尼[1]。听我说说它的模样吧，它的每一根毛发我都记得清清楚楚。我骑过它很多回，读者们，如果你们最近要返乡，就会知道我没有抬高它的价值。它有四分之三或五分之四的杂交血统，除了一条纯白的后腿，浑身枣红色，夹着黑色斑点。它的头部光润匀称，脖颈优美，肩部异常修长，以至必须得用马勒长度的缰绳才能驾驭；膝盖以下的骨骼平滑、匀净，胸线深邃，蹄部有力，四肢肌肉发达，还有弯曲适度的肘关节；粗短垂坠的尾部让它看起来与今日英式风格的马驹颇为类似。它高约十五手三英尺，四肢较短。

然后是"瑟姆伯格"，是霍尔和麦克尼尔公司（位于雏菊山附近）的埃德蒙·麦克尼尔的马。它看起来无疑是姣好的负重者。刚才提到的埃德蒙有异于常人的身高（六尺半），他尽管并不壮硕，但也不可能轻到哪里去——这也要求马儿必须能负重。在另一间格挡里的，是一匹身长个矮的栗色骏马。当马童拉起帷幕让我观看时，它抽动

———————

[1] 基尼：1633年英国第一代机器生产的货币单位。1基尼约为1.05镑。（译注）

脸部、竖起双耳的方式显露出了它的坏脾气。这不是空穴来风。它的确臭名昭著，无数骑手曾被它出其不意地丢在路上、"山里、溪水旁、海边"。除了地区长官，鲜少再会有人愿意买它。不过它体型健美、身板结实，亮金色的外衣像闪光的绸缎。接着，在目睹了眼前风姿卓越的"翻滚之王"后，我又不由得发出一阵惊叹，和其他参赛者相比，我已经预感到自己胜算渺茫。

更衣和沐浴的时间到了。此刻，整个宅院都开始为着装严阵以待，单身汉的房间在另一边侧翼，充盈着正当青春年华的伙伴们无拘的交谈和不时的欢笑。既有人主动赞美对方的马匹，也有人暗讽他人的马术和技巧。处处都是嬉笑怒骂的辩驳和信心十足的企盼，喧嚣从寝室里传出，回响于走廊之上。盛装的过程，也流动着同伴们年轻的风采。

早餐时大家相聚。而午餐呢？大家无疑会好好共享"闲情逸趣"，甚至认真地谈情说爱，"睿智和美酒的火花盖过太阳的光焰"；但最为真切纵情的享受莫过于满怀对激情和成功的期待，有天公作美，有好酒佳人相伴，男女开明地交错杂坐，翘首企盼即将揭幕的打猎、马赛或是野餐。人生也许会有比这更幸福的时光。但就算有，我也很少经历。

现在要开始排兵布阵了——从各类马车到拉车马匹都要精挑细选。如果我没记错的话，每位骑士都要单膝跪地，谦卑地祈求一位淑女允许自己身着她服饰的颜色上场——我的吉星！并郑重宣誓，不论冲锋前线或是英勇倒下，都绝不后退一步。

我已经记不太清"全国大赛"预赛的情形了，但可以肯定的是，人人都很紧张焦虑，制造了不少混乱。到了晌午，大家来到伍德兰兹宅院外的平原，马车已经备好，集聚的观众期待着我们的现身，兴奋已由不倦的激情变成了炙热的专注。每一名男子都坚定无畏，怀揣着在来生亦能派上用场的决心：

那日与死神赛跑的人儿呐，

在巴拉克拉瓦战役[1]中，

将生死置之度外。

※1　巴拉克拉瓦战役（Balaclava Charge）：指1854年克里米亚战争中由英国勋爵卡迪根率领英国骑兵向俄国军队发起的冲锋。（译注）

终于，骑手们登场，连人带马，面朝一片在我看来颇为壮观的田野。先说一下障碍赛的场地，十五排两栏的跨栏，四到四英尺半高，赛后证明那些跨栏也足够坚固。

在赛场的东边，或者说地势较高的一侧，树荫联袂，马车和非参赛选手在那里集合，他们中有雷德蒙·巴里先生、莱斯利·福斯特先生、威廉·安德森、奥格尔比"伯爵"和其他一些已经"退役"的骑士——他们主要负责逗女士们开心，并公正评论比赛的进程。打头炮的是敏捷、矮小、蓄着黑胡子的爱尔兰骑手吉米·艾利斯——威廉·斯塔威的老友兼牧场合伙人。那是我们最后一次盛装出场。大家各就各位，手执马鬃和绳索，穿着合乎礼节的骑士服、丝绒外套和帽子，庄严中又带着几分生涩。骑手们的华服已经从记忆的色盘上逐渐消退，仿佛"已逝去多年"。出场人员如下：

1. 身披粉白战袍的是莫里斯沃思·格林先生的坐骑"松糕"，它是一匹四岁的灰马；

2. 身披红黑战袍的是斯塔威先生的坐骑"翻滚之王"，它是一匹栗色老马；

3. 身披蓝银战袍的是E·莫奈尔先生的坐骑"瑟姆

伯格"，它是一匹红马；

4．身披红金战袍的是罗登·格林先生的坐骑"蜘蛛"，它也是一匹枣红马，主人是阿卡兰·安德森；

5．身着鲜红外衣，头戴黑帽的是阿卡兰·安德森先生的坐骑"莫伽"，它是一匹栗色骏马，主人是威廉·安德森先生；

6．身披红白战袍的是罗夫·博尔德伍德先生的坐骑"艾哈迈德"，它是一匹灰马，主人是莱斯利·福斯特先生。

众人由吉米·艾利斯领队，排成一列纵队。和无障碍赛马类似，起跑并不那么重要，我们从容出发。

在跨第一座围栏时，大家距离很近，这是商讨后的阵型，为了"让骑手放松，也让观众们看起来赏心悦目"。绿草青翠、茂密，鉴于距下一座篱栏还有一段路程，我们加快了步伐，当队伍靠近跨栏时，大伙热血沸腾起来。

格林兄弟第一个跨过围栏，接着是"瑟姆伯格"，"翻滚之王"的骑手紧随其后，三人显然有领跑全场之势。处在第二集团的是我的灰马和威廉·安德森的栗色马。我俩干净利落地跨越障碍，并驾齐驱，同时紧跟第一集团，为最后冲刺做准备。

队列继续前进。每经过一次障碍，都越发能看出，比赛已经成为莫尔斯沃思·格林的灰马和斯塔威的栗色马间的角逐，后者和前者一样神色坚定，每次跨栏都是一跃而过。罗登·格林、阿卡兰·安德森和莫尼尔则你追我赶地争夺第二的宝座。

现在，节奏被控制得刚刚好。离终点也只剩下两段跨栏。灰马和栗色马同时起跳，几乎比肩而过，"松糕"稍稍领先。所有选手都不遗余力。在这决胜的关头，每个人都卯足全力向前冲刺。而整个牧场宏伟的景观也被我们尽收眼底。我突然猛地拉起自己那匹灰马的缰绳，成功让它取得了不错的位次，而罗登·格林的马则在此刻猛然撞上了跨栏的上栏，这次失误惊动了"瑟姆伯格"敏锐的神经，正判断起跳位置的它受惊一跃，一边回头张望，一边踢打着身旁的跨栏。栏杆折弯了，但并没有断裂。大马调整了一下平衡，然后又重重地摔倒在地，碾过它的骑手。随后它立马起身，径直跑向通往雏菊山最近的那条道路——头颅高高扬起，缰绳四处狂飞，每当它逃脱束缚，都是如此。它的骑手也许挣扎了几分钟，但却没能站起来。他摔断了肋骨，而且同塔普曼先生一样，陷入了短暂的休克。剩下的比赛很快就圆满落幕，莫尔斯沃思·格林的灰马在赛道上败给了"翻滚之王"。

我们没有耽搁多久，所有人都在关心"埃蒙莫尔"（当他返回爱尔兰后，我们也听到他的佃农管他叫大高个埃德蒙）伤势是否严重。如果他没有在赛场上殒命，醒来后自然会担忧"瑟姆伯格"这么一匹宝物的安危，还有它背上精良的威尔金森&基德牌马鞍，于是我立马上路寻找。最后在它准备横渡深溪时，幸运地把它引了回来。就在我领着马儿返回时，我碰上了吉米·艾利斯，他像头黑色猎马一样飞奔着，头几乎要贴着地面，直到我来到他近旁，才看见我。当我们返回赛场，受伤的骑士已经被安德森太太的马车送回住所。人们慷慨的同情无疑帮他抵消了这场事故的苦楚和烦恼。

他已经没法参与比赛结束时最后的欢庆舞蹈，甚至连房间大门都没法迈出。不过他倒是个风趣的人，后来吊着一只手臂，在赛后的狂欢里享尽了赞誉和关怀。

这些短暂的画面里最为伤感的，是当沉痛的记忆端坐着，将流逝的岁月歌唱。

忧郁的思绪涌上心头，而生活的忙碌将它们抹去。一同欢笑的伙伴里，多少人已经离去？那欢乐的人群若是今日重聚，多少人已经长眠地下，能再见面的更是屈指可数，彼此问候时又会有多少唏嘘！

然而忧伤无益。就算我们不曾参与越野赛，不曾交换饲养半驯化种马的心得，还是能在心底为良马留一个温暖的角落。尊贵的威廉·斯塔威爵士现在已经不再驾驶四马马车，但我听说他还能徒步爬山，假期时流连于林间。生活犹如战场，我们这些历经数次决战却依旧幸存的人应当向命运致敬，感谢它让我们完好无损，并为那些在青草地下，在呢喃的浪涛里，在荒漠的狂沙上或是在荒郊野岭中安息的生命默默哀悼；纵然曾经言笑晏晏，他们将永留你我心间。

第二十章 优伶

大约是在1845年，我跟莱缪尔·博尔登先生两人应威廉·赖里之邀一同骑马从海德堡赶赴到优伶去做客，雅拉河上游的风光与和我们此行目的地的风景真是迥然不同。

一路上，我们涉水渡过了D. C. 麦克阿瑟先生果园下方的雅拉河，穿过一处树木茂盛的河滩，在沿河上游见到了许多泻湖，湖岸上生长着密密麻麻的芦苇。我对此地很熟，因为它以前曾属于我们牧区的范围，是我早年的一处私人猎场。当年，这里的居民就只有几个锯木工人，基本上是"德文特河上居民"（人们当年也这么叫塔斯马尼亚服完刑的流刑犯）。他们慕名来到此地，因为在蜿蜒的雅拉河的河滩和河湾上生着许许多多粗壮、笔直的树木。

河流南面的泻湖蜿蜒曲折，灌木丛密不透风、盘根错节，陌生人要从这迷宫中找到出路实属不易。因此，它自然成了我少年时期打猎的乐土，我曾在这里整日整日地捕猎玩耍，还有过许多次惊心动魄的冒险。

最大的那片泻湖边缘有一大片芦苇丛，都长在水里。中间有一个清澈见底的小湖，也可以叫作浅湖，湖水寂寥，一群黑色或其他羽色的山鸭在湖面嬉戏，湖中还有大大小小的鸊鷉。芦苇丛里生活着大嘴鹭、苏丹水鸡、红嘴水鸭、麻鸠、秧鸡，这个时节偶尔还能看到五颜六色的大雁或是黑天鹅。

想要在没有遮蔽的河滩上捕鸟不是件容易的事，这事情倒不危险，但是河水太深，不方便蹚水过去，而且还会被水草给绊住，多少身强体强能游会水的人会因此而丧命，这不是不可能的事。有一回，我跳进一个寂静的池塘去逮一只黑鸭，便给这一洼绿油油的水草给绊住了，费了好大力气才挣脱开来。当时，我脑中的第一个念头便是，可能还没等人发现我，我就已经出事了，还好没事。以前，为了逮到马蹄形的湖中的长满羽毛的伙计，我常常会爬到对面山坡的树上去。从这个有利的角度，我能看到那鸟儿浑然不觉、悠哉悠哉地游在水面上，然后制定相应的对策。为了能提高命中率，我设法弄了一条轻便的小船，是我一个锯木工朋友为我凿出来的，船身刨得干净利落，然后我将船推入水中，这里芦苇丛生，湖水清浅。水深齐腰，我小心隐蔽起来，不让它发现我。我一边涉水，一边推着船穿过密密麻麻的芦苇丛，同时将自己藏在边上，耐住性子等那毫不知情的鸟儿游过。记得有回我逮到了两对黑鸭。偶尔也有大雁，或是高傲的天鹅自投罗网。

有一回，我计划用一整天的时间来捕鸟。我看到一大群野鸭在四周盘旋，接着齐齐朝着南极的方向飞去，仿佛一走便是一年，我纳闷极了。我有些气急败坏地查看四周，想要弄清这突然的迁徙是因为何故。我远远望见一个人，他从芦苇丛里射击架边缓缓站起身来，架设的位置很适合射击。当年还没有实行自由选择制。这位不速之客的厚颜无耻令我有些惊讶，然后我骑在马背上呆立了好一会儿。我意识到他所犯下的恶行——非法闯入我们的牧区，于是用踢马刺策马奔向了那位不法之徒。

"你是谁？为什么要来这里打鸟，还把野鸭都给吓跑了？"我将狂躁的马儿停在他数尺开外，冲他大声喝道，

"你知道你所站的位置是哪里吗？"

那陌生男子一言不发地看着我，露出饶有兴味的表情（我那会儿快满十四岁了，看上去却比较显小），然后他说："你又是从哪儿冒出来的家伙？"

"我名叫博尔德伍德，"我回道，"这片牧区是我家的，没有我父亲的允许，其他人都不准到这里来，不准射鸟，也不准干别的事。"

"他娘的！我还以为起码是哪位庄园主家的！小鬼，你很机灵，不过我从没听说这个国家有颁布过什么关于打猎的法令。你又能拿我怎么办？"

这个陌生男子好像是到附近牧场来做客的。当年附近有几个放牛场。反正，到最后我们双方都让步了，两人一起度过了当天余下的时光。

距此不远是已故的约翰·亨特·克尔先生的养牛场，在他之前这个养牛场属于费尼赫斯特。我特地去查看过一个畜群。当我坐着黑仆驾驶的马车赶来时，只看到牛儿都关在围场里，四周坐着从四面八方聚集到此的牧民和附近的居民，都准备开始挑选中意的牛儿。

我来这里干嘛呢？"我是来找我们家的J．B.黑犍牛的，"我说道，"这两年它一直跟你的牛在一起放牧，我想他很可能会混进你的牛群来到这里"

"它八成在这儿，还会长得好好的，不过你怎么把它弄回去？我们一开始挑牛它就老会窜到围场外面去，没有哪个骑马牧人能单枪匹马就将它制服。"

"如果它一直待在围场里面，我就用我的子弹，"我以一种殖民者自信的口气回他道，"相信很快就能将它带回去。"

"噢，这倒是个办法，"克尔先生说道，"去吧，只是别打歪了，也别伤着我家的牛了。"

"当然不会。"

老哈维是侨居此地的乡下人，住在塞特瓦约。他把我那柄单管鸟枪递给了我，这把枪十分有用，已经特地上了膛。我小心翼翼地穿过那群野性十足的牛群，它们都目不转睛盯着我看，然后走到了围场的中央，那头大黑犍牛就站在那里。它伏下头开始刨地。我轻轻地学了一声牛叫，以前这招能管用。接着，它抬起头来，与我对视了一秒。子弹穿过它的前额，留下一个弹孔，这畜生身子颤抖着，仰倒在地。哈维赶紧给它放血，再将它拖出围场，接着剥皮、肢解，再送到了哈特兰兹的牛肉桶里装着，这一切都是在它倒地后的二十分钟内进行的。

多年后，我跟克尔在一个未开化区再次重逢，彼时我已长大成人，是瑞福利纳的牧场主。他好一会儿才想起我的名字和那件事，然后说道，"哦，对了！我想起来了，你就是当年在我南雅拉河的围场射死一头黑犍牛的那个孩子。"

这会儿，博尔登和我骑着马沿着弯弯曲曲、长满树丛的碎石路走着，穿过了周边的放牧区，河流在眼前时隐时现，不过，除了二十多里外加德纳先生的奶牛场，一路上一座房子一个人影也没见到。从种植和放牧的角度来看，这地方简直糟糕透顶：遍地都是矮树丛，土壤贫瘠，稀稀拉拉地长着些牧草，然而，一座"山顶公园"赫然映入眼帘，这在澳大利亚是常事。

我们经过了一座桥，桥下河水淙淙。接着，我们看到了羊群和牧羊人，这名牧羊人在当时可是位真正的"内行人"。平缓山坡的一直绵延到环绕四周的高地，四处草木葱茏，土壤和草场都很不错。我们来到了一个完全不同的地方。我们的脚下便是优伶牧场，这片名副其实的绿洲就陷于一片长喙桉"大漠"之中。

1837年或是1838年，威廉·赖里先生带着他的牛羊和全部开拓装备穿越了新南威尔士莫纳洛一端的安普赖尔，径自来到了这片荒无人烟的荒野上，这一直都是一个奇迹。这是早期开拓者为数不多的壮举之一，反映了他们勇于开拓的精神，多少人冒着生命危险投身于殖民地事业。原生态草场费利克斯地域广阔，这一片大处女地还未被人占用，而且近在眼前，赖里先生原本完全可以选择更肥沃也更宽广的地方。可是他考察了整个大陆，像这般适合安置家产、建设家园的理想处所，竟再找不出第二个。

草场主体周围的牧场上生长着各色各样的植物，当他赶着牛羊，带着仆从穿过无名的荒野来到这遥远的乐土时，他们在这里发现好些树根，存活下来的树根令他非常头疼，也没给子孙们带来什么财富，再到后来约翰·詹姆森及其合伙人买下了这里，如今此地到处生成着天然的燕麦，颇得大众的喜爱。当时他移来几株葡萄藤，种在最先开辟出来的果园里，那果园位于屋前宽阔的河滩上，其下是肥沃的冲积土。那些葡萄藤在这里生根发芽、开枝散叶，因为土壤肥沃，很快便蔓延开来。正是这区区几株葡萄藤发展出了优伶和圣于贝尔的葡萄园。后来，这片红酒产区由德普里先生和其他人负责经营，如今已扬名欧洲。

不过当年我和我的合伙人两人却没有察觉出这些苗头，不然的话，我们当时可能会因此沾沾自喜天晓得？跟其他有声望、阔气的殖民者一样，为那些不怎么走运的同胞羡慕或嘲笑。我们稳稳当当地骑在马背上，翻过丘陵山谷，穿过膘肥体壮的畜群，不过这里面白色和杂色的没有现在的多。接着，我们穿过一群母马和小马驹，里面的克利夫顿二世蹿了出来，想要跟我们的马儿一较高低，这匹马儿"鬃毛卷曲，迎风飞扬。"终于，我们来了房门前，这房子装着整整齐齐的房檐板，接着我们那热情的主人走了出来，言语间尽是欢迎和热情言语。一路的颠簸总算得到了缓解，骑了三十里地后这种感觉真是舒服。跟他一同从屋里出来的还有其他两名客人，一个是"霍比人"埃利奥特，他是当时有名的牧场主，另一个是他身材高大壮实的弟弟。

现在想起来，这房子所建地势略高，可以俯瞰绿草如茵的草地和下方蜿蜒的雅拉河，只是河道不及墨尔本附近河段宽，水流也没有那么湍急。河对岸以东有座山似是笼罩在紫色的云雾之中，虽然不尽真实，却明明白白地弥漫在江面之上。远处依稀可见绵延不断的澳大利亚阿尔卑斯山，山顶终年积雪。午饭过后，我们四处随意转转，欣赏着园中枝叶繁茂的大树，还有各处如画的风景。

第二日，我们骑了很远一段路，我清楚地记得，当天我们经过了河上一座简陋的桥，或者可以说我骑马走过了河上的一棵树。确实如此。雅拉河岸边的一棵巨桉（杏仁桉）被砍倒在地，要不就是连根拔起——我估计是后者——然后横亘在河上。人们后来拿斧子将它凿平了，还安上了扶手。桥面平均宽约三尺，骑着或牵着没受惊的马儿很容易便能过去。

我记得，隔天，我们从那条路走了过去，参观了小母牛场，就是当时跨越雅拉河两岸这个牧场。后来我们的主人迫不得已将家产卖与保罗德卡斯泰拉——也是一名瑞士人，及其合伙人后，他被迫退居此地，多少好人都落得如此下场。所幸淘金潮过后牧场大幅增值，他才能以五倍于收购优伶牧场的价钱将小母牛场转手让出。

可是我们那时并不知道自己的命运。我们又走了很长一段愉快的路程，一路骑经长满蕨类植物的山谷，还有暗无天日的树林，其间的桉树高大无比，耸入云霄。我们看见从阿尔卑斯山流下的小溪欢快地流向远方，对这里的牛马大势称赞，归来后食欲为之大振。这次经历有个重要情节是穿过一处水中平地，走到那里时小埃利奥特将他那双长腿高高抬起放在马儿的两侧，以免溅湿。那马儿资历尚浅，脾气暴躁，不一会儿便上演起广为人知的澳大利亚马跳——弓背跃起把骑手摔下马。为了保住苏格兰人的面子，我们这位新认识的朋友却紧紧抓住马鞍不松手，整个表演过程真是令人称赞。

当时家畜的价钱低得可怜，没出栏的犍牛才1镑每头。育肥牛也不超过3镑每头，而且远低于这个价钱。收入只能勉强维持畜牧管理开销，尤其是对于那些天生就不擅长"抬价"的主人。我们勇猛慷慨、为人热心的主人威廉·赖里先生绝对是上述的那类人。事实上，我们做客此地后不到一年优伶牧场就被卖给了德卡斯泰拉先生及其合伙人，价格在两三千镑——无非多出点零头。

就这样优伶转入了另一个好人的手中。虽然来自异国他乡，也不是庄园主出生，他很快便证明自己在畜牧管理方面很有一套。当然，占着淘金潮的便利，当初购入的牛从每头2镑的价格飙升到8到10镑每头，而在其他方面这位敢拼敢闯的牧场主也是顺风顺水。除了在管理畜群方面得心应手之外，德卡斯泰拉先生还着手开发葡萄园，将其扩大为原来的二十或五十倍，此外，他还修建了酒窖、配备了榨汁机以及科学酿酒所需的其他相关设备。他请来法国和瑞士葡萄种植人，其"优伶红白葡萄酒"罗纳葡萄酒正是由此打响名号，品质至今仍是无可挑剔。

多年以后，殖民地中牧场的热潮还未消减，我又重游故地，只是时过境迁，同行之人也换了面孔。德卡斯泰拉夫妇邀请了一大批客人到优伶玩耍一周，节目单上的内容有一次野餐、一场舞会，还有各式各样的户外的消遣。

我们先要在南雅拉河的费尔利府聚首，当天天气不错，人也都到齐了，队伍的阵势格外浩荡。查利·莱昂驾着四马马车在前打头阵，劳埃德·琼斯和罗顿·格林的二马四轮轻便邮递马车、四轮马车和单马拉双轮马车车队紧随其后——简直就是一个小型的赛马会[1]。大部分女士都

※1　英国的大赛马会(1780年德贝伯爵所创立,每年六月的第一个星期三在London附近Epsom举行,参赛马龄平均为三岁,这天称为Derby Day),赛马会。（译注）

坐在马车里，由车夫赶着马车。午餐用的食物已提前一小时由特地雇来的德国乐队送到一个方便歇脚的地方。马车沿着基尤宽阔笔直的道路咔哒咔哒地走着，一路风光尽收眼底：玫瑰园整齐地围着树篱，姹紫嫣红的果园里春意盎然，漂亮别致的别墅房屋重重叠叠，一切呈现出一幅繁荣的郊区景象。此情此景，竟与从前大不相同！

刚过午后，我们就看见了一个黑色屋顶的巨物，其近旁则是主人的牧场。我们调整步伐，进入了一条一里长的大道，像新郎官一样大摇大摆地走着，在婚礼上要去见他美丽的新娘子。

我想当晚不会有舞会了——经过一路的舟车劳顿，漂亮的女士们基本上已经乏了，不过接来几天还有机会。每天的节目都已经安排好了，场地布置得格外豪华。我们之中有的人是骑着心爱的乘用马来的，不过主人提供了横鞍马或其他马儿，要多少都有。接着我们举行了骑马活动，在长满蕨类植物的山谷野餐，爬了朱丽叶山，还去了很多浪漫的地方，一切都进行得十分顺利。赛马是临时安排的。而其他活动：集体射猎、垂钓远足、捕猎袋鼠袋貂——一桩桩一件件都让人觉得，人生就是一场无穷无尽的欢喜。

正午时分，我们在天鹅绒般的青草地上坐着休息，草地旁溪水淙淙，两岸生长着许多蕨类植物，头顶上方是巨大的橡胶树，要不就是高耸入云的花楸，入耳尽是戏谑的俏皮话、机智的对答，炽热的誓言和涟涟的笑语，我们只消穿上演出服，便可上演一出"薄伽丘"的故事了。薄暮时分，我们一行人骑着马儿疾驰折返时，那声音就像是一队骑兵的阵状，或是那打家劫舍的阿帕奇人如雷鸣般的马蹄声。那几位德国音乐家很有品味，我们伴着"维也纳糖果圆舞曲"和"一千零一夜圆舞曲"翩翩起舞，一直跳到南十字星座偏移到天空中较低的位置。月亮渐渐升起，银色的月华洒满暗黑的高山，在碧波荡漾的河水上泻下一河银光，一切似乎都在令人迷醉的舞会间无声消逝，而欢笑、皓月和音乐都仿若随着挥动的指挥棒逐渐消失。

距第一回到拓荒先民家做客已是事隔多年。如今平房不见了，或是已经改作其他用途。一幢高楼在原地拔地而起，房子里布置的全是现代乡间别墅生活所需的用品。山坡上的葡萄园绵延数里，成千上万的葡萄藤爬满了架子，上面挂满了即将成熟的葡萄。畜栏里圈养着各类品种优良、价格不菲的动物，都根据需要配有适当数量的饲养员和助手。

房子下方的草地上畜养着成百上千头昂贵的短角牛，有几百头还是几个月前从我手中买过去的，因此我特地留意了下那些牛儿的长势。当天，这里还有好些珍贵的骏马。有黛安娜和克里诺利纳这两位容貌出众的夫人的坐骑，有德卡斯泰拉先生四驾马车中的两匹阿拉伯马，有安德鲁－克拉克爵士考伯的枣红色哈克尼马，马具也是一样的精致，还有莱昂先生的一队品种优良、精心配种的栗色马，尤其是那匹身形饱满、毛色光亮的栗色母马卡尔纳辛，当年一位印度买家出价80基尼[1]主人都没舍得卖掉。

此时的葡萄酒窖空气凉爽、宽敞无比，旨在酿出最佳的品位。苏打充足，天气怡人，每日的饮量必是不少。当"十日谈"接近尾声时，宾客们无一不争先恐后地表明，世间凡夫俗子但凡痛饮过欢乐之杯的，无不会满心遗憾地回归到平淡人生之中。

---

[1] 1663年到1813年之间英国发行的金币，价值相当于一磅一先令。（译注）

第二十一章 "旅行者"纪事

　　这是一篇关于马的素描，可能会让一般的读者感到无聊。但若是省去了这一令每位澳大利亚年轻人心动的高贵生灵，我那与这座伟大城市的诞生水乳交融的早年岁月也会有失完整。

　　菲尔顿·马修先生从悉尼骑往伊莫尔时（他骑着他那匹汗血马[※1]"格劳库斯"，我跨着我的小马驹迪莫尔），他正是抱着如此想法。"老天啊，"他愤愤地嚷道，"别再没完没了地说马了，罗夫。不然等你长大了，就会和那些殖民佬没什么两样，脑壳里只装着这点儿货。"他的责

※1　汗血马：一种山地马种，抗疲劳，蹄坚硬。（译注）

骂让我无力反驳，但随着年岁渐长，我承认确实如此。可我胸中还是深藏对马匹及其相关一切的阿拉伯式的隐秘狂热，令我像是对也门和内志[※1]的良驹那般宠爱这批荒地的马群。

那时，我是多么渴望拥有自己的牧场，养一群汗血母马、小马驹和小母马，或许再添一匹正受驯的马，而壮美的四野是连片的马场！这一天终于到来——马匹也接踵而至，多少个欢欣鼓舞的日夜，多少番希望和恐惧的震颤，多少次我踏上疯狂的旅途和无畏的使命：

普兰库斯的王国，

灵魂和肉体已经开始凋零。

而如今，年华不复。那群骏马或小跑，或漫步，或飞奔着离开了我，大多已消失在这地球上。然而记忆却神奇地忠实于美好往昔里的马匹老友，像对待那些更为重要的人和事一般，难舍难分。

墨尔本一带早期饲养的汗血马中，最富盛名的是"克利夫顿"和"旅行者"。它们都是新南威尔士出产的马

※1 内志：沙特阿拉伯中部省份。（译注）

种，注定在同一片马场奉献余生。这一对良种里的克利夫顿是"骷髅"和"女术士"的后代，两者均系引进品种。已故的查尔斯·史密斯先生培育出克利夫顿，以自己悉尼附近的马场为它命名。血统高贵的灰色骏马"骷髅"与"工蜂"有亲缘关系，由拉比已故的威廉·爱德华·莱利先生从斯莱戈侯爵那里引进。在莱利看来，今日众多的优良品种都能追溯到它们的祖先。体型修长的枣红马"克利夫顿"块头、速度和体魄俱优，由莱昂·坎贝尔先生购入，并放养在雅拉河（靠近瀑布上游）的坎贝尔菲尔德。坎贝尔先生是墨尔本早期的富豪之一，先前在军队服役。他的马匹是迅猛、上等的跑跳能手，是我见过的最为驯良的马群。我们曾畜养过其中一些。这批马繁育出第二代。过去有一种颇为耍赖的习俗，你可以拿绳索套走任何一只"克利夫顿"小公马或小母马，只要三天之内归还即可，也可以骑用一星期，让它们在牧场里干一个星期的活儿。免费的马儿几乎唾手可得，想用多久就用多久，日后也一直如此。山姆·瓦多克先生靠"红鹿"摘得了桑德赫斯特地区马术障碍赛和全龄越野赛比赛的桂冠，它正是我农场里的一匹克利夫顿马。拿下1854年左右墨尔本全龄越野赛冠军的"丘辟特"由詹姆斯欧文饲养。丘辟特的第一任买主在邓莫尔将马具套在它的身上，同一天就骑走了它。它绝对是匹经得住粗暴对待的好马，拉车、比赛皆宜。我那匹克利夫顿老母马"辛西娅"有一回因为上了马鞍，一年后被骑得背毛全落。那时它才五岁。这些事例和细节也肯定了我长久以来的观点，驯化并不能彻底改变马的步履、脾气和大宗秉性。正如诗人说的，"好马源自天成"。就像交再多的学费给学校，也学不成丁尼生和布朗宁，再心细的人也没法通过驯化使马儿具备完美的性格。

"旅行者"是悉尼一带的另一匹名马，由故去的查尔斯·罗伯茨先生繁育。如果我没记错，他也是C.史密斯先生赛场上的死对头。旅行者是一种伟岸的骏马，按那赛场老手最常说的话就是，"现在再也见不到啦，先生"。它是"枣红马卡梅顿"的后裔，祖先可以追溯至殖民地时的纯种阿拉伯酋长马。它高不足十五手[1]，泛着漂亮的深褐色，堪称力量、速度和对称美的典范。与现代经过严格训

---

[1] 十五手：一些英语国家，如澳大利亚，加拿大等，用来丈量高度的单位。十五手相当于六十四英寸。按一英寸2.5厘米计算，大约1.6米。（译注）

练的马不同，它的体型更趋近阿拉伯马。它那短粗光亮、铮铮有力的四条腿稳稳站立，久经沙场（包括高温天气）却风采依然。它承重强，速度宛如灵鹿。它有着阿拉伯马的独特头型，还有优美上扬的脖颈，挺拔的肩膀与强有力的腰部之间恰好放得下马鞍。它的肋骨有如酒桶，臀部高耸，大腿强劲，肘部完美地弯曲。拉货马、赛马和骑乘马的祖先一定就生得这副模样。它唯一的缺陷并非外形上，而是品性上的。我会顺带谈到。它的四肢实在令人惊叹。在二十岁高龄那一年——它突然暴毙，之前从未有过任何疾病症兆和丝毫衰老痕迹，四肢还是如此光洁，坚韧有力，犹如初出茅庐的三岁小马。早在1835年，悉尼边上的植物园路赛道上，它就和C.史密斯先生的"切斯特"——顺便提一句，后者算是它半个兄弟——同台竞技，自此便笑傲赛场。我和其他小学生一道观看了那场比赛，我清楚地记得当天沙子的厚度，赛马们——威斯克，洛迪·歌帝梵，洛迪·艾米利，等等，必须与严酷的高温抗衡。

　　早在1841、1842年的时候，"旅行者"是古尔本河陶拉鲁克的休·贾米森先生的财产。那位绅士是飞利浦港跑马俱乐部的创始人之一，临时决定放弃养马，将"旅行者"转给了刚来邓莫尔不久的查尔斯·麦克奈特先生。麦克奈特是位颇有洞见的热情领主，是他奠定了邓莫尔闻名遐迩的马业的基石。

我所说的"旅行者"——这足以与"乔洛克[※1]"在澳洲马史上平起平坐的品种——秉性上的缺陷，是指它传给直系后代的脾气，再经遗传法则，无疑又传给了更远的子孙。这确实"十恶不赦"，有一点尤为严重——澳大利亚马最大的恶习，那就是弓背跳跃。奇怪的是，这匹老马性格却很安静沉稳，虽然也有传闻说它在悉尼的比赛上踢死过人。尽管有如此谣言，但它显然天性纯良安详。

它在邓莫尔出生的第一头小崽也是如此。"圣乔治"产自"彼得芬"的后代"迪·弗农"，日后成为了优良的猎马，由阿利克 卡宁厄姆和詹姆斯·墨菲所有。当时，"圣乔治"比其他"旅行者"后代要年长几岁，被麦克奈特先生当作宠物亲自驯化，马儿非常配合。那位绅士既是

※1 乔洛克：著名的澳大利亚种马，有英国和阿拉伯赛马血统，耐骑乘，可身负接近60公斤的重物行进两三公里之久。此外还曾连续八次蝉联新南威尔士州马赛头筹。（译注）

优秀的骑手，又是技艺高深的驯马师，非常难得。"圣乔治"的温顺因而也达到了人们对"旅行者"品种脾性的期待。

"一切都离不开驯化。"年轻热忱却又经验不足的爱马人说道。

"不见得！马匹跟人一样，性格受遗传影响很大。驯化可以调节，但撼动不了继承的天性，有时连调节都难以做到。"

"旅行者"的老娘是否对"急刹车"有种根深蒂固的喜好，是否有时恶意跳脱马鞍，摔倒骑手，是否犯别的小毛病，或者"旅行者"自己在幼年时是否也曾让牧童翻身落马，这些我都无从知晓。然而，一个不争的事实是，邓莫尔及其周边牧场大部分的"旅行者"小马驹对驯服都极不情愿，几近癫狂。

第一次被骑时，它们反抗挣扎，又跃又踢，上蹿下跳，并且一刻不歇，气焰冲天。经过辛劳、持久的驯服，它们会稍作安分，但若是再被勒住，情况又会和开始时一样失控。当它们最终平复下来，会把合作的陌生人当成亚当前出现的人类[1]的新变种。不知多少马夫和身经百战的猛士小心翼翼地骑上安稳下来的马匹，做各种练习和准备工作。但结果还是不尽人意。它们不易驯服，驯化时又极为难驾驭，在农活间隙也有时极难管教。当然例外也会存在，但只是极个别。每当来客需要周边马场的新马匹时，他会机敏地询问是否为"旅行者"马。如果得到肯定答复，他又会咨询马儿上次被骑的时间，是否"闯过祸"，最后才会宽宏大量地接受。

这个缺陷的确令人恼火，因为马种在其他属性上都无懈可击。它们漂亮有型，腿部发达，充满勇气和耐力，步伐稳健，某些马匹的速度超凡，尤其是特兰帕、逐鹿者、圣乔治、诺玛、特里同，和巴克利那几匹小马。特里同在费里港的一块上好跑场夺得了三岁马种障碍赛的冠军，次年在吉朗举行的越野赛上，它先是一记猛摔，骑手的锁骨都被摔裂，而后又跑到终点，拔得头筹。个别母马的后代看起来比其他同类性情温良。特里同大体上性格和顺，它的母亲卡缇卡是一匹克利夫顿马，尽管有一回我见到它在

---

[1] 亚当前出现的人类: 指相信"在亚当出现之前，人类已经存在"的假设。（译注）

比赛即将开始前把骑手甩了下来；"迪·弗农"马和它们的母亲很像，无拘无束。但我得说许多其他马种——确切说是大部分马种都是"笼中猛兽"，大多需要年轻勇猛的骑手不懈地调教，用上所有驯马技巧。不难想象，它们很少会"委身"于年长的绅士。已故的西部皇家土地的长官格雷先生任职时曾对一匹才驯化不久的枣红色漂亮小马着迷，因此买下了它。然而小马却只情愿让一位年轻警官临时骑乘，接下来数月更换了好几位骑手。我从未见过魁梧的长官本人骑那匹枣红马。最后，他以不适合为由弃之不用。

一年之中，四匹小马"黄泉路上有去无回[※1]"——（詹姆斯欧文的笑话，版权所有）。一匹小母马在疾驰时把骑手摔倒在地，它飞奔回家，但无疑因为太过狂躁，没有注意马场的栅栏，结果拧断了脖子。一匹小马长大后绊了一跤，再也没能站起来。还有一匹马驹先把所有人轰出

※1　黄泉路上有去无回：莎士比亚戏剧《哈姆雷特》第三幕第一场中哈姆雷特的对白。原文为"The undiscover'd country, from whose bourn. No "旅行者" returns"，""旅行者""和作者笔下的马种名相同，被詹姆斯欧文用作一语双关的笑话。（译注）

跑场，然后因为企图征服一段不可能跨越的围栏而折断了背部。另外一头漂亮的短腿马（本人所有）在从门内野牛般猛冲出来后，摔断了脊椎骨。

这些马儿的结局加上我最近所见的其他事例基本都肯定了我关于马匹培育的看法，即脾性遗传的作用。没有什么能左右我的观点。我也准备好了要亲自实验，看看成果如何。

瞧瞧这些状况吧。邓莫尔的场主都是聪颖的年轻小伙，相信科学研究，同时也是纯熟的养马人，醉心马匹的繁育。规格一流的马场规模相对较小。幼马在驯化期间被安置在马厩，饲料充足，每天都会梳理毛发。当马儿一定程度上被驯服时，就会让它们跟在畜群后面——这是完善驯马的经典程式。然而正如我说过的，结果却不尽人意。大部分通过此种模式驯化的幼马对马鞍异常反感，甚至会变得十分危险，令人恼火。要解释这种动物脾性的背后原因，似乎可以从人类身上得到类似的假设：某些习性因为遗传，表现得与其遥远的直系祖先有惊人的相似，它们无法泯灭，也几乎不可能通过驯化而改变。

可以说，如果邓莫尔的马场依然存在，我大概就不会无所忌讳地谈论它们。但事实恰恰相反。昔时对殖民伟业踌躇满志的三位领主中，两位已经长眠地下。回荡着甘甜回忆的邓莫尔也已经转卖他人。马驹们零落各地。尽管我的老友詹姆斯欧文仍然拥有应享的矍铄体魄，他对"旅行者"却只是隐约残存几分兴趣，因为他从没领教过它的品性，今生也再不会对它横加指责。尽管"旅行者"的脾气还会在出现在众多现有的杂交品种身上，但淡化消退也不是不无可能。毕竟对马匹的研究正是重现一种观念的形成史。如果这样能够使有意进军马业的场主下定决心，"不再由暴躁的种马繁育后代"，它倒是可以发挥作用。

墨尔本回忆录
Old Melbourne Memories

第二十二章　亚姆布科

　　很久以前，有一处"滨海王国"，人们称它为费里港，那里，亚姆布科是传统牧场的典范。那是如此宁静的一片天堂，在世风日下的今日，在忙碌、压力与发展并存的当下，不啻为安逸的乐土，但愿我还能再次投入它的怀抱！我多想一路骑行，来到那果园的门口，在老熟人热忱的欢迎下，将他的马儿送到马厩，这快乐一定满溢如泉涌！正事办完，当天来回可否？基本不太可行，只怕会找不着路。那里遍布着道路和围栏，木瓦盖成的田庄林立，还有麦田、畜棚和打谷机——按当时的话概括就是，农垦业冷冰冰的符号。

　　它不是我的爱；我恋慕的是朴素的风景，是躺在那婆娑树影的昔日果园。

越过肖河的远端，下行至斜铺着果林的岸边，宽广的石灰岩平原跃入眼帘，美丽的红木和山核桃树丛簇簇隆起，当它们长成参天古树后，就会成为澳大利亚最宏伟的景致。

我记得，那些顶棚低矮、游廊环绕的草房是殖民地早期搭盖的，梁柱用的是茶树的修长树干——挑选了河边密林中最结实的树苗。屋舍算不上恢弘，但这又何妨？房间敞亮，主人殷勤淳朴，每一个眼神、每一句话语都莫不如此；过去，往来于那片城镇的我们都乐意在那里留宿，就算是拿皇宫交换也会谢绝。

那时的人远不如近年来这般野心勃勃，对畜牧业的兴旺蓝图也没什么概念。不像日后争相竞购大型牧场的公司和财团，它们将牧区塞满了牛羊，超过了在我们看来整个殖民地能负载的容量。

不！真正无愧于这群肥美牲畜的人，养上一千头纯种牛就足以，就算这些牲畜还未达到牧场容量的一半，为的是给森林大火和恶劣天气留下补救的空间。如果经营有方，他能保证自己一年来回墨尔本两趟的开销，同时也会有所积余。一般来说，他还会养上一群母马，好为自己或友人繁育优良的坐骑。有时，他也会雇上几名骑马牧人，以及一位帮手，这样能分担不少日常工作。

当年的"亚姆布科"农场风景如画，农场里遍布着形形色色的土壤、景色、地形和水域。广阔的草场上裸露的石灰岩山脊起伏着，与海岸线平行。肖河是牧场的东南边界，水位在入海口处变深。整片乡野顺着它的河道蔓延了几公里，流经当年还只叫作岔路口的奥福德村，再沿海岸线汇入波特兰湾，那一带曾经都属于"亚姆布科"牧场。

在石灰岩山地和大海之间，有一片覆满橡树的沙丘，几乎一路延伸至海滩，在海浪无情的撞击下顽强屹立。它们是安全的庇护所，是畜群抵御西部寒冬的绝佳港湾。

当仙境般的梦幻夏日远去时，"风和日丽的白昼"和紫气迷蒙的傍晚不再，犀利的狂风开始从荒凉的大海上呼啸而过，向南面的地区席卷。头顶狂风暴雨放牧是种别样的体验。冬日的天黑得奇早，来到海滨树丛，你兴许能看到沙滩上有一群步履沉重的牲畜，它们在横飞的雨沫中缓缓挪动，蹄子时不时踏进浪花——这是个耐人寻味的季节，就算翻山越岭也值得前去一看。没有峡湾的束缚，狂躁的波涛肆无忌惮。苍穹之上是迷雾笼罩的云层，在地平线那里与广阔无垠的太平洋相交，而我们脚下，巨浪正向岸边暴怒奔腾，一排接一排，朝寂寥的堤岸无奈地宣战和嘶吼。

多年以后，身处澳大利亚沙漠中干旱平原的我是如此怀念这样的画面！那哀伤、辽远的海岸，那风暴轰鸣的可怖深渊，那骑马牧人稀疏的队伍，那低哞的半野兽群，那禁闭着奄奄一息的太阳，红光通透的云朵的囚牢！

相反，当牛群顺利被赶入场院时，围栏支起来了，人们卸下马鞍，走进灯火通明的室内，那份喜悦真是溢于言表。和颜悦色的女主人备好了丰盛的饭菜等待我们，还有话题丰富的趣谈，欢乐也好，忧愁也罢，务实无妨，诗意亦可，不论是严肃谈话还是奚落讽刺，都能找到慰藉和共鸣。

在过去的日子里，赶牲口对我们那帮年轻小伙来说既是任务，也是冒险，但却绝不是林赛·戈登[1]吟唱的那种

※1　林赛·戈登（Lindsay Gordon）:澳大利亚诗人、赛马手和政治家亚当·林赛·戈登。（译注）

游乐——"危险从来不上门。"

亚姆布科有一段路十分险恶,树熊筑窝的地洞神出鬼没,让无数矫健的骑手和牧人都不幸落马!这些奇特的生物与远古时期的毛鼻袋熊同宗,它们夜间觅食,在海岸的小丘上四处挖洞。当你牢牢勒住马头、飞驰而过时,露天的洞穴并不会对"骑行"造成太大威胁,但若是碰上地表下的地洞,马蹄则会经常因此受伤。坚硬的蹄铁不翼而飞,马匹随之跌入隐秘的土坑,因为受惊而扭伤关节或折断肩骨。不过在过去,就算摔下坐骑,老马滚过头顶、嘶鸣着埋怨这不足挂齿的插曲,我们也满不在乎。

石灰岩地表的凹洞和突然现出的极深裂缝也会令雄赳赳的骏马和热切的骑手发抖与心悸。在牧场东南边界树林葱郁的地带,沼泽更加深陷,路况比海滨更为艰难。畜群中较为强健的品种会从那里取道疾行,让大伙在放牧季节吃尽了苦头。

1843年,正值女王执政五十周年,在巴克斯特船长的委托下,乔治·迪穆兰先生承包了牧场。这位绅士比我来的时间要早一年,是大英帝国一位前官员的儿子,应该是胡格诺教[1]后裔。他风趣幽默，干劲十足，继承了高卢祖先轻快的风格，哪怕遇上最愁苦的境遇，也总是一副乐天派的神情。按当时盛行的严格说法，他算是投资者，除了最基本的生活开销，从不乱花一个子儿。他亲手喂养牲口，偶尔雇用黑人男孩。当我头一回来到亚姆布科，放眼望去，整片牧场只有两间茅草棚和一个简陋的牧场，既没种植园，也没马厩。口粮在不久之前就所剩无几。比如，连盐都没有，而整整两周，所有人得靠鲜牛肉度日，这简直让我讶异不已；日常的食谱里也没有鱼排和炸嫩肉——这"人人皆爱的美味佳肴"。这样的状况持续了起码一年之久。

尽管在大部分时间里，迪穆兰先生都心态积极，可偶尔也会意志消沉。与一贯的高涨情绪相比，他的悲观黯然萧索。这时他会放低语气，提起对日后成功的希冀和没法拥有个人牧场的绝望。他也会聊到在资金和牲畜稀缺时，最便捷的成功之道。可对于只有胆识和经验的创业者，要想获得资本和信贷——这必要的支持异常困难，甚至一

※1　胡格诺教:宗教领袖加尔文的追随者组织起来的法国新教，反对君主专制。（译注）

"贷"难求。谈及这些，他禁不住流露出失望的情绪，最后认定，"全世界人都能发家致富，只有可怜的迪穆兰一个劲地吃闭门羹，到后来走投无路"。不过，经过时间的酝酿，最终机会还是给予了他还有我们所有人丰厚的礼遇！当巴克斯特船长和妻子从新英格兰州[1]的家返回亚姆布科居住时，他们"永远地"收回了它的所有权。鉴于亚姆布科这样规模的牧场难以同时保障两位经营者的利润，迪穆兰先生也得以解脱。金矿大开发之后，人们听说他找到了份要职，薪水不低，不过他日后究竟是飞黄腾达还是因为命运的无情止步不前，我们就不得而知了。他是拓荒者的楷模，是澳大利亚的恩人——勇猛无畏，面对困难坚强、隐忍、极有韧性，一位优秀的森林居民，一流的骑马牧人。

从新英格兰到亚姆布科整整数百公里的路程，巴克斯特船长和夫人是驾着双轮马车走完的，还按计划带上了几匹心爱的马驹和牧羊犬扎营。夫妇俩的日记十分有趣，它忠实地记录下了每一天的行程和沿路风景，证明了早在

※1　新英格兰州:指澳大利亚新南威尔士州内陆60公里处的地区。（译注）

伯德小姐和戈登—卡明小姐之前，就有女性旅人敢于面对危机四伏的郊野和更加凶险的丛林野人。骑技出色的巴克斯特夫人对自己不说话的宠物——杂色阿拉伯好马"卡菲尔"、漂亮的灰狗"阿达"还有牧羊犬"罗格"。尽管严格说来，那群母马的脾气并不算很温顺，可她享受有它们陪伴的愉快旅途。

这种陆上迁移的一大好处就是，当长途跋涉告一段落，哪怕周遭再寒酸简陋，只要想起第二天不用再转移阵地，就会让人感觉已经拥有了无上的奢侈和优待。

抵达目的地后，定居成为值得庆贺的事。房屋也许稀少又破旧，甚至连烟囱都寒碜不堪，但却已经像穆斯林的商队旅馆一样被铺上了毛毯，所有人诚挚地向真主祷告，感谢他准许我们世世代代在此安家立业。

男女主人的到来让一切迅速焕然一新。乡间别墅盖了起来，一栋印度平房式的建筑，木制的墙壁，屋顶和外廊铺上了长草。在肥沃热情的朱古力色土壤上，他们种起了鲜花与果树错落的花园。包括钢琴和其他女士器物在内的家具运了过来。此外，还建好了一座独立厨房。随着迪穆兰先生的"衣钵"由新牧人接手，亚姆布科正式翻开了新篇章。在我印象里，后来这座牧场几次易主，但都远没有那时那样迷人。亚姆布科享有诸多便利。它离怡人的费里港小城——当年我们还没管它叫贝尔法斯特，也没有意愿——只有十二公里，道路好走，一天之内就能往返。由于小镇临近海港，物价低廉，必需品都可以从悉尼或墨尔本购买。除了城镇附近的土地，肖河以西尚未到波特兰的地带，以及东面的一小片，还没有一寸地皮出售。在那段时期，你绝对找不出更美的乡村民居和设施更完备的牧场。当地气候舒适，比塔斯马尼亚的气候更宜人。虽然两地冬季气温相似，都很寒冷，但是因为仰仗了海滨的保护，这里不会结霜。英国的果树恣意地开花结果，结出甘甜的苹果、梨子、醋栗还有樱桃，然而没有垂涎欲滴的嬉闹顽童。夏天，来自太平洋上的凉爽的微风缓缓地拍打从莫因一直延伸到波特兰湾的宽阔沙滩，阵阵的海浪声哄着那里贪睡的人儿安然入眠。提起沙滩，午夜的策马扬鞭是多么怡然！

我清楚地记得那可爱、沉寂的时辰。

月色里，一众人马要从费里港前往波特兰（五十里路），准备迎接登陆的船只，希望能从来的人里雇到男女仆佣。而如今，已经很少再有这种情形。我骑着漂亮的小马"希望"从家出发，一天就跑了三十里路。我让马儿吃饱睡足，这样就能再走上几里。大伙美餐一顿后，十点之前上路。劳埃德·拉特利奇是我当时的同伴，他的坐骑是闻名遐迩的黑色拉车马兼赛马"莫朗格·杰克"。我们慢悠悠地走在通往波特兰的路上，近乎满月的玉盘初升，挂在不见一丝云彩的夜幕之上，这如同一千零一夜的良宵，正适合浪漫与冒险。另外几匹马已经在马厩里休整了一天，当我拽了拽我那匹俊美马驹的缰绳——给了它基督徒最猛烈的一拉，它扬起后腿，简直要跳到邻屋的房顶上。这不过是我训练它的一个小把戏：一给它暗示，它就会腾空跃起，像"着了魔"一样，急不可耐地要上路；我会毫不迟疑地给它戴上"千里马"的桂冠。要不是德比马赛的赛程超过半里，它肯定能像索耶先生的"花花公子杰克"那样拿下冠军。后来，它的确在第二年费里港的越野赛赛场上称霸硬木跨栏，与当时的骑手约翰尼·戈里也配合完美。

　　我们出发了。沙滩位于亚姆布科外几公里处。当我们骑马抵达时，眼前的景观是多么壮丽！潮水已经退去。

海岸线上，有如阅兵场和网球场般宽阔的纯白沙滩连绵数里，踩上去异常坚实，令马蹄声铿锵有力。夜色、明月和种种奇观让劳埃德和我的马兴奋不已，它们撕咬着马嚼子，兴奋地你追我赶。其他伙伴早已被我们远远地甩在身后。

我们来到临近茱莉亚·珀西夫人岛的转弯处，小岛躺在大海沉静的胸怀，就像漂在海面上的一朵云；又仿佛是一座梦幻岛——也许会有一位美丽的公主囚禁于此，正等待维京海盗的舰队前来营救；亦或有一位王子被流放到附近的礁岩上。

在目极之处，闪耀着点点星光的浩瀚沧海"像臣仆般面向主人"[1]。南面，一条狭长的银色水纹在月光下涟漪荡漾，闪闪发光，与天边柔软的云层在远方相拥。尖细的海岬从森林的边界探出，时不时挡住视线。周围的一切让激昂的骏马奔驰起来，如同插上了双翼。我们来到一片新的海湾，踏上它令人心醉神迷的乳白色沙滩。金黄的圆月自天幕泻下如水的光辉，照亮了森林边缘树木的枝叶。夜

---

[1] 像臣仆般面向主人：英国诗人柯勒律治代表作《古舟子咏》中的诗句。（译注）

色是如此宁静，以至连"海滩上溅起的最细小的水花"都能听得一清二楚。

随着黎明苍白的云朵在东方漂浮，静谧的大海开始蠢蠢欲动。当我们终于攀上卢考特峰险峻的山头，波特兰整个城镇尽收眼底，此时从密林里飘出一阵微风的叹息，好似夹杂着树精的责备。那一段跋涉并不算短——五十里，可马儿们依然跃跃欲试，仿佛刚才的路程是在梦中跑完。不过现在还不是陶醉的时候，得尽快雇到人手。安顿好马匹，大家找到了船家，改行水路。几个小时后，当波特兰的雇主们优哉游哉地登上船时，农场工里的精壮汉子已经和我们签好了去费里港的协议。这让波特兰人不禁目瞪口呆。面对那帮年轻气盛的毛头小伙，来自对手城镇、拥戴威廉·拉特利奇为谈判领袖的我们根本不把他们放在眼里。同我们一样，他们得为农田和牧场充实劳力，可现在为时已晚，只好忍痛接受被挑剩的人手。

我自己收获颇丰。霍兰家的迈克尔和帕特里克兄弟俩，两个众人皆赞的强壮卡洛[1]人同我签定了一年的合

※1 卡洛:爱尔兰卡洛郡的城镇，距首都都柏林72公里。（译注）

约，两人后来都做得很出色。我还签下了被他们视作"已婚夫妇"的大姐和姐夫，外加他们机灵的十六岁小妹。这是一桩"大买卖"，可我们在巴拉腊特和森林小溪的人手已经所剩无几，只有监工和我本人。这些移民正合我意。我知道还有地方急需这样的劳力输送。这些人手脚勤快，品行端正，上手也快。我将赶牲口的差事交给帕特·霍兰[1]负责，不到一年，他就把一匹好弓背跳跃的烈马管得服服帖帖，并与当地一名老手两人配合，完成套绳、烙印和选种。他经常独自运送牲口去集市，既高效又可靠。而米克[2]则在农耕和犍牛放牧方面更有天赋，也更喜欢种田。他们俩都跟随了我多年直到牧场被卖掉的那天。时至今日，我相信他们已经在离斯夸特塞湖不到几公里的地方，经营起富足的农庄。（回到正题），在安排好雇员们前往波特兰的相关事宜后，我在日落时分骑上"希望"，踏上回家的三十里路。我的小马伙计精神抖擞，刚好在子夜时分把我送到家。我敢说今天已经找不着这样的好马

----

[1] 帕特：帕特里克的昵称。（译注）

[2] 米克：迈克尔的昵称。（译注）

了；不过话说回来，骑手的"状态"也发生了些微变化，我猜这可以解释马种衰落的现象。不管怎样，"希望"是块宝，它的母亲也是。正是拜后者所赐，我从亚姆布科的围栏上摔了下来，外加它一阵猛踢，让我的脚跛了一星期，可那不过是它唯一一次过失。然而，要是能有一位淑女观战，就算拧伤脖颈，折断尾椎，我难道不也会心甘情愿，只为博取事后的同情和怜爱？

金矿发现之后，物价也因此飞涨。巴克斯特船长意欲卖掉亚姆布科和他的一批好牛，乔迁都市。我们的圈子渐渐"分崩离析"——地基摇摇欲坠。当人们吃穿不愁，田园生活开始变得了无生趣，骑马牧人被提拔成了牧区负责人。不再有农场主为我们下马接风，夜晚的时光也不再属于读书、音乐和畅谈，放牧生活的魅力已经逐渐远去。念及在那可爱森林里的甜蜜岁月和它不变的宾至如归，我知道，总有一位疲倦的朝圣者，因为种种原因，会时时将美丽的往昔怀望，而其中大部分的时光正都是在亚姆布科度过的。

墨尔本回忆录
Old Melbourne Memories

译者后记

说起澳大利亚，人们不可避免地会提及墨尔本。

墨尔本是位于澳大利亚东南部的一座海边城市，也是澳大利亚第二大城市，澳大利亚的商业经济、工业、文化和艺术中心，这里还曾多次举办过世界级的重大赛事，它风光旖旎、繁华安宁，每年吸引着无数观光客从全球各地慕名而来，这一切都使得这座城在澳大利亚享有非常重要的地位。

但历史上的墨尔本是怎样的模样呢？它又是如何在短短百来年间发展成为全球闻名的重要城市呢？

每一座城市今日的繁华背后，总隐藏着某些坎坷心酸的故事。墨尔本，便是这样一座城。而《墨尔本回忆录》一文，便能帮助您从它起初的样子，一点点更好地认识这座城。当然，历史书告诉我们，澳大利亚光辉绚烂的发展史，也是一段历尽艰辛、令人唏嘘的殖民史。

澳大利亚最早的居民，其起源可追溯到最后一次冰期。尽管难解之谜和争论令澳大利亚史前史的许多方面模糊不清，但一般认为，大约 7 万年前，第一批人类越过海洋，从印度尼西亚来到澳大利亚。

16 世纪，欧洲人开始探索澳大利亚。先是葡萄牙航海家，接着是荷兰探险家和有胆识的英国海盗威廉·丹皮尔。1770 年，詹姆斯·库克船长沿着整个东海岸航行，途中在植物湾停泊；不久他宣布这块大陆为英国所有，并将其命名为新南威尔士。

1779 年，约瑟夫·班克斯（库克航船上的博物学家）建议英国向新南威尔士流放囚犯，以此来解决英国监狱人满为患的难题。1787 年，第一舰队启航前往植物湾，这支舰队由11艘船组成，载有 750 名男女囚犯。1788 年 1 月 26 日，舰队抵达植物港，但很快又北行至悉尼湾，这里拥有更好的土地和水。在新到达者眼里，新南威尔士是一个炎热、荒芜的恐怖之地，并且，饥饿的威胁笼罩这个殖民地多年。为了同恶劣的自然条件和暴虐的政府进行斗争，这些新澳大利亚人缔造了一种全新的文化，这种文化成为"努力工作的澳大利亚人"传奇的基础。

在接下来的数十年间，自由拓荒者开始被吸引到澳大利亚来，但永久性地改变这片殖民地的却是 19 世纪 50 年代金矿的发现。庞大数量移民的涌入和几个大型金矿的发现刺激了经济的增长，改变了殖民地的社会结构。随着新的拓荒者占用土地从事耕作或采矿，原住民被残忍地驱逐出他们的部落土地。

比起晦涩抽象的史料，作为这段历史见证人和参与者的笔者，罗夫·博尔德伍德对于这段历史有更多的发言权。

他生于英国伦敦，后全家移居澳大利亚，并在墨尔本定居。他是较早来到澳大利亚闯荡的殖民者之一。他曾当过牧羊场主，后任采金场的监察官，期间一直坚持从事写作。可以说，他不但见证了墨尔本的发展改变，还将自己年少轻狂的青春岁月寄予了这座城。也因此他凭借自己的人生经历，以自己的理解、立场、观点和视角通过简洁流畅又略微怀旧的笔触讲述了从早期殖民者踏上这片土地到淘金热爆发前在这片土地上发生的种种故事：早期殖民者怀着各种远大理想初涉这片充满希冀的处女地时，他们是如何占据和开辟出属于自己的领地，并历经重重困难，将原本荒芜原始的土地建设成适宜居住和畜养家畜的美好家园？当从文明世界到来的入侵者与被所谓的文明人标记为野蛮残忍的土著居民发生冲突时，这一野蛮与文明的冲突最终归于何处？那些年早期殖民者们的生活状态是怎样的？澳大利亚的牧场当年又是怎样一副模样？这片被誉为"骑在羊背上的国家"的大陆，除了它得天独厚的自然资源和条件，先民们还经历了哪些困难、付出了哪些努力，才有了今日的辉煌光景？以及大环境下某些重大事件和政府政策对于这座城的历史起到了哪些作用……如此种种，作者均在文中一一作出了详细解答。

为了让对墨尔本感兴趣的中国读者对这座城的过去有更清晰的认识，我们决定努力尝试为大家译介这本回忆录。因为有限（时间有限、知识有限、精力有限）之故，这本书是由多人合译（另两位译者为胡小洁、张园园）而成，每人主要负责自己相应部分，再互相审定，其间，译言小编王瑜玲同志更是不辞辛劳给我们的译稿提出了许多宝贵中肯的修改意见，让译文更斟流畅完善。合译有利有弊，弊者是翻译过程中重点克服的，利者在于取长补短、相互监督进步，至少让翻译这种孤独的事不那么孤独。《墨尔本回忆录》不止记录了墨尔本的过去，也将承载着几位小小译者的美好回忆。

当然，能力有限，译文远不及原文那样生动优美，或许还存在些微谬误不当之处，希望有心的读者们能不吝批评指正。傅雷先生说"译事虽近舌人，要以艺术修养为根本。无敏感之心灵，无热烈之同情，无适当鉴赏能力，无相当之社会经验，无充分之常识（即所谓杂学），势难彻底理解原作，即或理解，亦未必能深切领悟。"所以，虽然尽力了，我却知道还远远不够。要做到"赋到沧桑句便工"，前路崎岖、迢迢，赤足前行哪里走得下去，还是要适时坐下来把鞋子缝补结实。